寻找桃花源

中国重要农业遗产地之旅丛书

茉莉窨香

苑利◎主编

刘馨秋◎著

北京出版集团公司

北京美术摄影出版社

图书在版编目（CIP）数据

茉莉窨香 / 刘馨秋著. — 北京 ：北京美术摄影出版社，2018.8
（寻找桃花源 ：中国重要农业遗产地之旅丛书 / 苑利主编）
ISBN 978-7-5592-0131-7

Ⅰ. ①茉… Ⅱ. ①刘… Ⅲ. ①故事—作品集—中国—当代 Ⅳ. ①I247.81

中国版本图书馆CIP数据核字(2018)第093724号

总 策 划：李清霞
责任编辑：董维东
执行编辑：朱　佳
责任印制：彭军芳

尚書堂·叫獸
BOOK DESIGN
13261351222

寻找桃花源　中国重要农业遗产地之旅丛书

茉莉窨香

MOLI XUNXIANG

苑　利　主编

刘馨秋　著

出　版　北京出版集团公司
　　　　北京美术摄影出版社
地　址　北京北三环中路6号
邮　编　100120
网　址　www.bph.com.cn
总发行　北京出版集团公司
发　行　京版北美（北京）文化艺术传媒有限公司
经　销　新华书店
印　刷　北京启航东方印刷有限公司
版印次　2018年8月第1版第1次印刷
开　本　787毫米×1092毫米　1/16
印　张　18.5
字　数　266千字
书　号　ISBN 978-7-5592-0131-7
定　价　88.00元
如有印装质量问题，由本社负责调换
质量监督电话　010-58572393

中国农业历史学会推荐丛书

中国重要农业文化遗产专家委员会推荐丛书

全球重要农业文化遗产专家委员会推荐丛书

目 录
CONTENTS

主编寄语　苑　利　/ 001

序　言　刘馨秋　/ 001

01 童年的花茶记忆 / 001

02 谈谈古今茶类 / 011

03 花茶溯源 / 023

04 历史上的福州名茶 / 035

05 得天独厚的有福之州 / 049

06 人间第一香花 / 065

07 辉煌的“茶叶世纪” / 083

08 陈贻琪与“雨花提香” / 105

09 窨制工艺 / 123

10 茶引茉莉香 / 145

11 古代文人的茉莉情结 / 155

12 从品花茶扯到饮茶流变 / 169

13 花茶茶艺与感官审评 / 181

14 花茶的功效 / 201

15 茉莉的用途 / 215

16 百汤百味福州菜 / 223

17 临水夫人与临水茗 / 243
18 是繁荣发展，还是正在复兴 / 247
19 老字号的重任 / 263

后　记 / 275

主编寄语

如果有人问我，在浩瀚的书海中，哪部作品对我的影响最大，我的答案一定是《桃花源记》。但真正的桃花源又在哪里？没人说得清。但即使如此，每次下乡，每遇美景，我都会情不自禁地问自己，这里是否就是陶翁笔下的桃花源呢？说实话，桃花源真的与我如影随形了大半生。

说来应该是幸运，自从2005年我开始从事农业文化遗产研究后，深入乡野便成了我生命中的一部分。而各遗产地的美景——无论是红河的梯田、兴化的垛田、普洱的茶山，还是佳县的古枣园，无一不惊艳到我和同人。当然，令我们吃惊的不仅仅是这些地方的美景，也包括这些地方传奇的历史，奇特的风俗，还有那些不可思议的传统农耕智慧与经验。每每这时，我就特别想用笔把它们记录下来，让朋友告诉朋友，让大家告诉大家。

机会来了。2012年，中国著名农学家曹幸穗先生找到我，说即将上任的滕久明理事长，希望我能加入到中国农业历史学会这个团队中来，帮助学会做好农业文化遗产的宣传普及工作。而我想到的第一套方案，便是主编一套名唤“寻找桃花源：中国重要农业遗产地之旅丛书”的书，把中国的农业文化遗产介绍给更多的人，因为那个时候，了解农业文化遗产的人并不多。我把我的想法告诉了中国重要农业文化遗产保护工作的领路人李文华院士，没想到这件事得到了李院士的积极回应，只是他的助手闵庆文先生还是有些担心——“我正编一套丛书，我们会不会重复啊？”我笑了。我坚信文科生与理科生是生活在两个世界里的“动物”，让我们拿出一样的东西，恐怕比登天还难。

其实，这套丛书我已经构思许久。我想我主编的应该是这样一套书——拿到手，会让人爱不释手；读起来，会让人赏心悦目；掩卷后，会令人回味无穷。那么，怎样才能达到这个效果呢？按我的设计，这套丛书在体例上应该是典型的田野手记体。我要求我的每一位作者，都要以背包客的身份，深入乡间，走进田野，通过他们的所见、所闻、所感，把一个个湮没在岁月之下的历史人物钩沉出来，将一个个生动有趣的乡村生活片段记录下来，将一个个传统农耕生产知识书写下来。同时，为了尽可能地使读者如身临其境，增强代入感，突显田野手记体的特色，我要求作者们的叙述语言尽可能地接地气，保留当地农民的叙述方式，不避讳俗语和口头语的语言特色。当然，作为行家，我们还会要求作者们通过他们擅长的考证，从一个个看似貌不惊人的历史片段、农耕经验中，将一个个大大的道理挖掘出来。这时你也许会惊呼，那些脸上长满皱纹的农民老伯在田地里的一个什么随便的举动，居然会有那么高深的大道理……

有人也许会说，您说的农业文化遗产不就是面朝黄土背朝天的传统农耕生产方式吗？在机械化已经取代人力的今天，去保护那些落后的农业文化遗产到底意义何在？在这里我想明确地告诉大家，保护农业文化遗产，并不是保护“落后”，而是保护近万年来中国农民所创造并积累下来的各种优秀的农耕文明。挖掘、保护、传承、利用这些农业文化遗产，不仅可以使我们更加深入地了解我们祖先的农耕智慧与农耕经验，同时，还可以利用这些传统的智慧与经验，补现代农业之短，从而确保中国当代农业的可持续发展。这正是中国农业历史学会、中国重要农业文化遗产专家委员会极力推荐，北京出版集团倾情奉献出版这套丛书的真正原因。

苑　利

2018年7月1日 于北京

序　言

GIAHS，全称Globally Important Agricultural Heritage Systems，译为“全球重要农业文化遗产”，由联合国粮食及农业组织（FAO）于2002年启动，目的是为了建立全球重要农业文化遗产及其有关的景观、生物多样性、知识和文化保护体系，使之在世界范围内得到认可与保护，成为可持续管理的基础。

全球重要农业文化遗产的概念实际上基本等同于人们所熟悉的世界文化遗产，只是更加突出“农业”这一内容。联合国粮食及农业组织选择了10种典型的农业系统作为参照类型，包括：山区水稻梯田农业生态系统、农林复合系统、林下养殖系统、游牧与半游牧系统、独特的灌溉和水土资源管理系统、复杂的多层庭园系统、湿地农业系统、部落农业遗产系统、高价值作物和香料系统、狩猎—采集系统。从这些参照类型的名称来看，“农业”特点清晰了然。

换句话说，农业文化遗产就是农村与其所处环境长期协同进化和动态适应下所形成的独特的土地利用系统和农业景观。

这一系统或景观要具有丰富的生物多样性，是农林牧渔相结合的复合系统，是动植物、人类与景观在特殊环境下共同适应与共同进化的系统，也是通过高度适应的社会与文化实践和机制进行管理的系统。它还应满足当地社会经济与文化发展的需要，能够为当地提供粮食与生计安全和社会、文化、生态系统服务功能，有利于促进区域可持续发展。

既然农业文化遗产的重要性是由自然环境、生态以及当地的社会经济文化共同构成的，而且农业文化遗产又必须满足当地社会经济和可持续发展的需要，那么在目前经济快速发展过程中，它必然面临着重大威胁。

为了保护这一系统的文化遗产价值和农业生态价值，更为了使其以活态形式存在，联合国粮食及农业组织自2005年开始在全球范围内评选传统农业系统保护试点。经过十余年的探索和发展，被列为保护试点的全球重要农业文化遗产已达到37个，分布于全球16个国家。其中与茶相关的有3项，分别是云南普洱古茶园与茶文化系统（2012）、日本静冈县传统茶—草复合系统（2013）以及福州茉莉花种植与茶文化系统（2014）。

中国自2012年也启动了“中国重要农业文化遗产”（China-NIAHS）发掘工作，至今已评选出4批共91个试点项目。其中入选的与茶相关的项目，除了云南普洱古茶园与茶文化系统和福建福州茉莉花种植与茶文化系统以外，还包括浙江杭州西湖龙井茶文化系统、福建安溪铁观音茶文化系统、湖北赤壁羊楼洞砖茶文化系统、四川名山蒙顶山茶文化系统等。

在众多与茶有关的农业文化遗产中，福州茉莉花茶不仅是最早入选的遗产项目，而且也是代表花茶类的唯一项目，足见其在农业文化遗产系统和茶文化领域中的重要地位。

如今，GIAHS已经从一个项目发展成为一种基于历史、尊重自然、关乎民生的遗产保护理念，并在全球范围内获得了极大的关注和认可。当前国际社会正致力于保护和可持续利用生物多样性，防治土地退化和荒漠化，承认农民和原住民对于生物多样性和传统知识体系方面的贡献。很多国家为了进一步改善本国农业文化遗产地的状况并扩大影响力，都开始采用GIAHS的具体政策和监管模式。福州茉莉花种植与茶文化系统作为全球重要农业文化遗产和中国重要农业文化遗产试点项目，更应以促进茶叶生产和保护生物多样性，继承传统的土地使用方式和文化为己任，积极扩大国内和国际交流，传播GIAHS的重要理念，号召越来越多的农业文化遗产地和国家参与到全球重要农业文化遗产保护项目中来。

刘馨秋

2017年3月于南京卫岗1号

童年的花茶记忆 01

记忆中，父母每次带回的花茶，有时带包装，有时不带。包装也只是普通的圆筒纸壳儿茶叶罐，有盛2两的，也有盛4两的。不像现在，这些年我自己扔掉的茶叶包装就不知道有多少了，提袋里面装大礼盒，大礼盒再套小礼盒，小礼盒里还有小包装……

作为一个北方人，浓郁的茉莉花香是茶留给我的第一印象。

父母单位发给职工的“保健茶”就是茉莉花茶，所以花茶是家里常年不断供的茶，当然，几乎也是唯一的茶。“保健茶”通常在每年的七八月份东北最热的时候才发，用来给职工避暑降温，所以又叫“降温茶”。大约从20世纪70年代末开始，每年一次，后来也有发白糖的，再后来直接发钱，不过偶尔也会花茶、白糖、钱一并发，总之，持续了很久。

记忆中，父母每次带回的花茶，有时带包装，有时不带。包装也只是普通的圆筒纸壳儿茶叶罐，有盛2两[1]的，也有盛4两的。用2两的盛茶就会发两罐，用4两的就只有一罐，反正总量大约4两。这是我爸单位的惯例。我妈单位每次发半斤[2]，但是没包装，仅用塑料袋提回来。在那个茶叶还没有被过度包装的年代，能有个简陋朴素的纸壳儿茶叶罐就算是讲究的，茶叶喝空了也是必定舍不得扔的。不像现在，这些年我自己扔掉的茶叶包装就不知道有多少了，提袋里面装大礼盒，大礼盒再套小礼盒，小礼盒里还有小包装……从外到内一层一层。材质形状更是各式各样，想必商家也是花了大成本设计、生产的，所以我扔的时候也常常会心存不舍，偶尔留下个附带的茶托，或者撬下粘在盒子上的半颗真假难辨的小宝石，然后在某次搬家时扔掉。

与现在相比，儿时的花茶包装简直称不上包装，可不管是简陋的罐子还是更加简陋的塑料袋，只要一打开，扑鼻的花香就会顷刻充满整个空间。

花茶香气的产生受控于两个关键环节，一是茉莉花能否最大限度地释放香气，一是茶叶能否最大限度地吸附香气。几十年来多少专家致力于研究茉莉花的释香机理和影响因素，致力于研究茶叶表面吸附与毛细管凝聚作用，致力于研究茶坯含水量、茶坯结构特性、堆温、配花量、

记忆中的茉莉花香（许坚勇摄）

白兰打底、窨制时间等因素，为的就是在这释放与吸附之间，窨制出高品质的花茶香气。年幼的我并不懂这些，只认为是茶里掺了几片茉莉花瓣而已。

专业评茶通常以外形为先，只是茉莉花香霸占了我对花茶的大部分记忆，所以在我的评价标准中香气第一，外形只能排第二。当然，与香气比起来，20世纪80年代前后东北的茉莉花茶似乎并不优雅。干茶呈条状，条索粗松，色泽暗黑，掺杂些许白色泛黄的茉莉花残骸。如果以较高的评茶标准“条索紧结、色泽鲜活”来衡量，这是典型的劣质茶。而

福州茉莉花茶园一瞥（陈大军摄）

且传统的茉莉花茶成品是要将花渣筛掉的，并不同于现在带有完整花骨朵儿点缀的新产品。所以那时掺杂的残花，只是漏筛了而已。

不只外形不好看，冲泡的时候也没什么讲究。我妈在单位都是直接泡一大壶，再加些白糖调和苦涩，大家一起喝，单纯为了消暑解渴。这倒让我想起读博士那会儿看的一篇关于茶中加糖的资料。17世纪末至18世纪初，在荷兰人确立的欧式饮茶基本礼仪中，饮茶时多半会加入昂贵的砂糖。茶与糖的结合，在一定程度上是自发产生的，因为在17世纪，欧洲的砂糖还需仰赖进口，其昂贵程度可想而知。糖与茶叶一样，也是代表身份和地位的奢侈品。在昂贵的茶叶中加入昂贵的糖，可以说是皇家奢华气度的一种表现，糖不仅代表声望，也是流行于欧洲的时尚调料。

在家里泡茶也是简单至极，抓一把花茶丢进搪瓷缸子，再从窗台上的茉莉盆栽中掐两朵新鲜茉莉花，就像现在带有完整花骨朵儿点缀的新产品一样，加满开水，接着就是一整天的花香满屋。至于入口之后的苦涩，只有喝的人知道。

不知道是因为香气太浓，还是父母以“小孩儿不能喝茶”为由不准我喝，反正我并不喜欢花茶，也没有喝过的印象。鉴于我爸妈坚决不承认是第二个原因，我想可能真的是那么浓郁的香气对于一个小孩子的嗅觉来说冲击太大，导致花茶于我而言，始终只有嗅觉的记忆，而缺失味觉的体验。至于“苦涩”的印象，也不知从何而来，也许是听说的次数多了形成了深刻的印象，沉积多年就变成了凭空的“事实”。直到若干年后，我开始读研究生，以茶学为专业，才对茉莉花茶有了真切的第二印象。

茶学专业的同门小师兄做窨制花茶试验，带回了花与茶的比例超过常规的茉莉花茶给大家尝。感官评审表明，配花量越大，花渣生机越好，但在高配花量时差异不显著。也就是说，在花茶窨制中，配花量增大，茶叶吸附的精油量也会相应增加，但在配花量达到一定程度以后，茶叶吸附精油量增加的幅度会有所减缓，鲜花的利用率不高。有研究认为配花量为63%和配花量为56.7%的花茶品质是一致的。小师兄的试验显然无须考虑鲜花的利用率，所以我们才能幸运地喝到配花量超过100%的茉莉花茶。这茶的香味浓到极致，所到之处再无他味，整个茶学实验室好像盛满了茉莉花，关紧门花香也要溢到走廊里。那只用来泡茶的白瓷盖碗，搁了好几天仍然残存花香，没办法再泡其他茶了。

小师兄的窨制试验是在广西做的，因为广西横县是国内最大的茉莉花和茉莉花茶生产基地。从统计数据来看，近几年横县茉莉花的种植面积一直保持在10万亩[3]左右，占全国总种植面积的一半以上，茉莉花和茉莉花茶产量更占到全国总产量的70%。除了广西横县，中国茉莉花茶的主要加工地还有四川犍为、福建福州和云南沅江。其中，福州是中国茉莉花茶的发源地，也是最早的茉莉花茶生产集散地。

我爸妈并不懂这些，也没办法告诉我家里常年不断的茉莉花茶产自哪里，他们能提供的唯一答案是：南方。对于我来说，南方的面积太大了。

虽然茉莉花茶产自南方，但北方人喝花茶的历史由来已久。清末民初文学家徐珂在《清稗类钞》中归纳历代茶书中关于花茶制法的时候写道："香片茶：茶叶用茉莉花拌和而窨藏之，以取芳香者，谓之香片。"然后引用《群芳谱》的记载："上好细茶，忌用花香，反夺真味。"紧接着又评价："是香片在茶中，实非上品也。然京、津、闽人皆嗜饮之。"可见北方人爱喝茉莉花茶的习惯已经延续了上百年。20世纪八九十年代，茉莉花茶在北方（天津为例）市场所占份额都在80%以上，近几年虽然有所下降，但是华北地区每年消耗的茉莉花茶仍占到全国年产量的70%左右。辽宁省茶业协会的产销报告（2014—2015年）显示，目前辽宁茶叶市场上的茉莉花茶在全茶类中所占份额仍然最大，近40%。

如今，茉莉花茶早已不是家里唯一的茶，但是作为一个闻着花茶香气长大、又投身茶学的东北人，能有幸探访南方的茉莉花茶，并以此著书，不免心生感慨。似乎很多事，老早就注定了。

注释

[1] 1两等于50克。

[2] 1斤等于500克。

[3] 1亩约等于666.67平方米。

城市中的茉莉花园（许坚勇摄）

02 谈谈古今茶类

按照现代制茶工艺的不同，茶可分为六大基本茶类和再加工茶类。六大基本茶类包括绿茶、黄茶、白茶、青茶、红茶、黑茶，再加工茶类包括花茶、萃取茶、含茶饮料等。每种茶都经过了长时间的演变、发展，最终才成为我们所熟悉的样子……

我们通常所说的茶，是以茶树鲜叶为原料，利用相应的加工方法使鲜叶内质发生变化而制成的。茶除了可作为饮品，还可以食用和药用。很多茶叶相关书籍告诉我们，茶是经过食用、药用，或者药用、食用，最后才发展成饮品的，是经过了有先有后的阶段式发展。中国有万食皆药的观念，很难确定茶叶最初被发现之时，到底是作为食用、药用还是饮用，所以我个人觉得这3个阶段不分先后，是你中有我、我中有你的结合式存在。

按照现代制茶工艺的不同，茶可分为六大基本茶类和再加工茶类。六大基本茶类包括绿茶、黄茶、白茶、青茶、红茶、黑茶，再加工茶类包括花茶、萃取茶、含茶饮料等。每种茶都经过了长时间的演变、发展，最终才成为我们所熟悉的样子。从秦汉时期王公贵族的宫廷奢侈品，到唐代“不可一日无”的民间必需品，再到宋元以来罢团茶、兴散茶的革命性转变，茶叶的种类及加工方式也随着其普及程度和饮用习俗的改变而不断地发展变化。除蒸青团饼茶在唐宋时期就已发展成熟之外，其他茶类大都是在明清两代才大规模发展起来的。

绿茶

绿茶是以茶树鲜叶为原料，经杀青、整形、干燥等程序制成的不发酵茶。按照不同的杀青方式，又可将绿茶细分为蒸青绿茶、烘青绿茶、炒青绿茶等。

蒸青是以蒸汽杀青，是唐宋时期制作团饼茶的主要程序，但是今天我们能喝到的蒸青绿茶种类很少，如湖北的恩施玉露和玉泉仙人掌。

烘青是以烘笼或烘干机进行杀青，烘青绿茶是加工茉莉花茶的主要原料。

炒青是以炒制杀青，是当前最常见的绿茶加工方式，我们熟悉的西湖龙井、洞庭碧螺春、黄山毛峰、信阳毛尖等，都是炒青绿茶。其实炒青绿茶的制法早在唐宋时已见记载，但其精细的制作工艺则是到了明代才形成。明代诗人冯梦祯在《快雪堂漫录》中详细说明了炒青绿茶的制作方法："锅令极净，茶要少，火要猛，以手拌炒令软净，取出摊匾中，略用手揉之，揉去焦梗，冷定复炒，极燥而止。不得便入瓶，置净处，不可近湿。一二日再入锅，炒令极燥，摊冷"。由古籍记载结合现代制茶工艺推断，明代炒青绿茶的制作工艺可归纳为：生茶初摘之后，随即入锅炒制，讲究茶要少，火要猛，即杀青；炒至半熟，略加摊冷之后揉挼，即揉捻；再略炒焙干，即干燥。可见，明代炒青绿茶的制作工艺由杀青、揉捻、干燥3个基本步骤组成，这一程序与现代炒青绿茶的制法已经极为相似。正如现代茶学家陈椽教授所说，"这仍然是现时炒青制法的理论依据"。

黄茶

黄茶一词最早出现在宋代，原本是指晚春采造，价格品质低廉的茶叶。后来人们发现，如果在制作绿茶的过程中发生失误，也可能导致汤叶变黄，形成"黄色的茶"。明代文人闻龙在《茶笺》一书中记载，"炒时须一人从傍扇之，以祛热气，否则黄，色香味俱减"，描述的就是由于绿茶炒制失误而造成茶叶色泽变黄。明代茶人许次纾在《茶疏》中提到："顾彼山中不善制造，就于食铛大薪炒焙，未及出釜，业已焦枯，讵堪用哉？兼以竹造巨笥，乘热便贮，虽有绿枝紫笋，辄就萎黄，仅供下食，奚堪品斗"。其中的"乘热便贮"，就类似于现代黄茶制作工艺中的"堆积闷黄"。由上述两条史料可知，黄茶的制作方法在明代已形成，然而即便发展到清代，黄茶也只能算是“仅供下食”的次品。

现在的黄茶类，是指在鲜叶杀青揉捻之后，特意加入“闷黄”工艺，使茶坯在水热作用下进行氧化反应，形成“黄汤黄叶”的独特品质。

白茶

白茶有两种含义，一是指茶树品种，一是指制茶工艺。关于品种上的白茶，宋徽宗在《大观茶论》中就提到过，“亲制《茶论》二十篇，以白茶自为一种，与常茶不同”，“其条敷阐，其叶莹薄。崖林之间偶然生出，非人力可致”。也就是说，白茶是在比较偶然的情况下被发现的。以现代生物学观点解释，白茶是一种由基因变异而导致的白化品种。以此白化品种为原料，经过杀青、揉捻、干燥等工序制成的茶叶，如天目湖白茶、安吉白茶等，虽名为白茶，但实际上应属六大基本茶类中的（炒青）绿茶类。而依据现代制茶工艺划分的白茶类，则是经萎凋、干燥而成的轻微发酵茶。

自然干燥也许是茶叶最初的制作方法，没有工艺原理，也不含加工技术，只是单纯为了延长茶树鲜叶的存放时间。直至明代，“日晒”才发展成制茶工艺的一种，明代文学家屠隆在《茶笺》中把这种“宜以日晒者，青翠香洁，胜以火炒”的茶称为“日晒茶”。到了清代，白茶依然因“其味绝殊，不可多得”的特点被珍视为“瑞茶”。

我国白茶主要产于福鼎、政和等地，因原料采摘标准不同可分为白毫银针、白牡丹、贡眉（寿眉）和新工艺白茶等品种。外形上，白茶又有散茶和饼茶之分。散茶即鲜叶自然萎凋而成的干茶，外形自然随性。白茶饼则是由散茶压制而成，类似普洱茶饼。

白茶的发酵程度很轻，一般只有百分之十几，高于绿茶，但远低于

100%发酵的红茶。在后期存储过程中，白茶内含物质会发生变化，茶性也逐渐平和，但发酵程度仍不会超过20%。白茶发酵程度偏低，所以类似绿茶，对胃部有一定的刺激作用，可以尝试饮用存放多年的老白茶。

白茶可泡饮，也可煮饮。由于工艺中没有揉捻程序，细胞壁未经破坏，泡饮时内含物质不容易浸出，煮饮则可完全释放茶叶内含物质，口味也更为醇厚。

与其他茶类相比，白茶的自由基含量最低，黄酮含量最高，氨基酸含量平均值也较高，具有降血压、降血脂、降血糖、抗氧化、抗辐射、抗肿瘤等作用。饮用白茶，人体免疫力细胞的干扰素分泌量可增加5倍。福鼎当地人家里会存放老白茶，有人生病时拿出来煮饮，效果显著。在我国传统外销茶类中，白茶被广泛认为是具有保健功效的茶类之一。

青茶

青茶，即乌龙茶，约于明代产生，至清代发展成熟。“武夷茶自谷雨采至立夏，谓之头春，约隔二旬复采谓之二春，又隔又采谓之三春。头春叶麁味浓，二春三春叶渐细，味渐薄，且带苦矣。夏末秋初又采一次，名为秋露。香更浓，味亦佳，但为来年计，惜之不能多采耳”。“茶采后，以竹筐匀铺，架于风日中，名曰晒青。俟其青色渐收，然后再加炒焙”。炒焙的方法不像松萝、龙井等只是炒制，而是“炒焙兼施”，所以才能在制成之后“半青半红”。

以上乌龙茶的制作过程参考《王草堂茶说》，此著作成书于清代前期，据此推断，整套加工工艺当在明代即已形成。在此基础上，发展为现代制茶工艺中的采摘、萎凋、摇青、炒青、揉捻、烘焙等工序。比较知名的安溪铁观音、武夷大红袍、台湾冻顶乌龙等，都属于青茶类。

茉莉红茶（许坚勇摄）

红茶

在绿茶的制作过程中，用“日晒”代替“杀青”可以使揉捻后的叶子变红，由此逐渐形成并发展成为新的茶叶种类——红茶，也就是古籍中所说的：“红茶以晒蒸分，红茶先晒，乘热覆以布，色变红再晒，不过火”。关于红茶的最早记录，出现在明代中叶的《多能鄙事》一书中，因其发源于福建省的武夷山区，所以一直被称为“武夷茶”。清代茶叶出口贸易日益繁荣，红茶因其口味更为西方所认同，渐渐取代绿茶成为茶叶出口贸易中的主要类别。威廉·乌克斯在《茶叶全书》中，对武夷茶（BoHea）的解释即称：“武夷（BoHea），中国福建省武夷山所产的茶，通常用于最好的红茶（China Black Tea）”。

红茶属全发酵茶，现代工艺是以适宜的茶树新芽叶为原料，经萎凋、揉捻（切）、发酵、干燥等程序精制而成。红茶在加工过程中发生了以茶多酚酶促氧化为中心的化学反应，产生了茶黄素、茶红素等新成分，具有红汤、红叶和香甜味醇的特征。红茶滋味醇厚，特别是经过揉切工序的红碎茶，茶汁浸出快，可与糖或牛奶调和，是国际茶叶市场上的大宗产品。

黑茶

清代叶瑞廷在《莼蒲随笔》（一说为“浦”）中记载，黑茶，“皆老茶，最粗者”“晒而复蒸，蒸而复晒”“踩作茶砖”，就是由品质稍差的绿毛茶经过堆积发酵之后制作的。早在明洪武初年，四川一带便有黑茶生产，后传入湖南，至明代后期“长沙之铁色”以名茶著称。到了清代，已有介绍性质的记载，如陆廷灿《续茶经》记载，“长沙府出茶名安化茶”，说明清代时黑茶已经发展成为安化的特产。此类茶叶在茶马贸易中一直占据着主要位置，政府甚至下达“专令蒸乌茶易马”的规定，这里所说的“乌茶”即黑茶。又如《石隐园藏稿》中所载：“茶自四川、湖广来，味重而色黑，用竹筒盛之，圆如茶瓯，长约三尺[1]，谓之一篦。本地价值七八钱，每茶十篦，可易一马”。文中清楚介绍了黑茶的产地、特点，以及在茶马贸易中的价值。

黑茶属于后发酵茶，经杀青、揉捻、渥堆、干燥等工序制作而成，我们熟悉的云南普洱茶、广西六堡茶，以及边疆少数民族地区制作的奶茶、酥油茶，湖南、湖北、陕西等地所产的黑砖茶等，均属此类。

唐宋饼茶

六大基本茶类均可进行再加工，成为再加工茶，福州茉莉花茶即属此类。茉莉花茶始于宋代，但宋时的茉莉花茶跟我们今天所喝到的茉莉花茶完全不同。

依据史料中的记载，可以将元代以前的茶叶类型分为饼茶、散茶、末茶、芽茶、叶茶。饼茶和散茶是相对的。饼茶是压成饼的茶，散茶是不压成饼、呈松散状态的茶，因此末茶、芽茶、叶茶其实也都可以归为散茶类。饼茶与芽茶、叶茶之间并没有明确的分期，而是同时存在的。至于常用来划分时间节点的朱元璋诏令“罢造龙团，惟采茶芽以进”，也并不是说唐宋时期大家都喝饼茶，明代以后统一改喝芽茶、叶茶，而只是针对统治阶层历代传承的一个习惯性规定而已。且古往今来，人们对于唐宋茶类的关注点都在饼茶上，留下的文献信息和珍贵茶具大都是关于饼茶的，所以也就给人一种唐宋只喝饼茶的错误印象。

饼茶是将鲜叶经过蒸、压、研、造、焙等程序而形成的一种蒸青紧压茶。有关饼茶制法的最早记载出自北魏《广雅》，其载，“荆巴间采叶作饼，叶老者，饼成以米膏出之”，这是目前有史可查的最早的加工方法。从茶叶种类及其加工技术的发展进程来看，饼茶也是最早出现的具有一定技术含量的茶叶类型。饼茶的发展在唐代以后进入繁荣期。陆羽在《茶经·三之造》中详细说明了蒸青饼茶的制作工艺，具体包括“采、蒸、捣、拍、焙、穿、封”。

宋代饼茶的制作工艺越发精湛，其中以福建建州所制的北苑贡茶最具代表性。根据宋代茶叶专著中的记载来看，北苑贡茶的加工工艺可以概括为6道工序。

第一道，采茶。采茶条件要求非常严格，要在初春气温不高时采

福州茉莉花茶饼（许坚勇摄）

摘，而且要在日出之前的清晨，以免太阳出来露水蒸发，茶芽不肥润。采茶时要用指甲，不能用手指，宋人认为这样可以避免茶叶在采摘的过程中受到物理伤害，而且不会被手指的汗渍污染，可以保持茶芽的鲜洁度（这与我们现在的采茶手法还是有区别的）。

第二道，拣茶。采下的鲜叶要进行分拣，剔出不符合要求的芽叶。

第三道，蒸茶。将拣过的茶叶进行清洗，然后进入蒸茶工序。

第四道，研茶。就是要把叶状的茶叶进行研磨。研磨的过程中要反复加水，所以也叫研膏。研茶的时候，加多少次水，都有讲究。从加水研磨直到水干，称为“一水”。这一过程重复次数越多，茶末就越细，茶的品质也就越高，点茶的时候效果也就越好。所以北苑贡茶对研茶这道工序要求非常高，顶级的龙团胜雪研茶工序要十六水。

第五道，造茶。就是把研好的茶放在模具里压制成茶饼。北苑贡茶的模具样式比较丰富，有圆有方，还有图案，而且贡茶大多都用龙凤图案，

老茶壶（许坚勇摄）

所以通常叫“龙团凤饼”。

第六道，焙茶。压成型之后，用炭火使茶饼干燥。

想在饼茶制作中加入茉莉香或其他香料，通常于第四道研茶工序时，将香料混入，与茶一同研磨。也有文人雅士以茉莉配合饼茶或散茶赏玩、饮用，如南宋施岳《步月·茉莉》诗中所吟“玩芳味、春焙旋熏，贮浓韵、水沉频爇”。至于茉莉花窨制工艺发展完善和茉莉花茶商品化，则是明清以后才开始。如明代徐勃《茗谭》在记述顾元庆《茶谱》中关于花茶制法时，特别提到“闽人多以茉莉之属浸水瀹茶”。表明当时茉莉花茶在福建已经相当普遍。清代咸丰年间，北京、天津、山东、安徽和福建本地茶商在福州大量设厂，从安徽、浙江、福建等绿茶产区调运茶叶到福州窨制茉莉花茶，而后销往西北、东北、华北各地，福州茉莉花茶开始大规模商品性生产。

现代茉莉花茶制作工艺是以茶树鲜叶为原料，经杀青、揉捻、干燥等程序制成绿毛茶，再经整形、归类、拼配成茶坯，选用茉莉鲜花窨制而成。具有安神、抗抑郁、抗氧化、提高机体免疫力等功效，主销北方市场。

注释

[1] 1尺约等于33.33厘米。

在可以点茶的诸花之中，茉莉只是其中一种，好像并不比其他花更突出，让我觉得有趣的是，徐珂在归纳各类花茶时，唯独指出“香片在茶中，实非上品”，后面还特意加了一句，“然京、津、闽人皆嗜饮之”。闽人嗜饮可以理解，本地特产嘛，可是京津地区的茶客呢？明明不属好茶，为什么还嗜饮……

提到花茶，大概很多饮茶之人会嗤之以鼻，认为其徒有花香而无内韵，太过张扬而欠深沉，配不得“品”字。

其实，如果从其源头述起，花茶一点儿都不肤浅。

花茶并非专指茉莉花茶，而是概述采用香花与茶叶拌和窨制而成的一类茶，属于六大基本茶类（指绿茶、白茶、黄茶、青茶、红茶、黑茶）之外的再加工茶。所谓“茶引花香以增茶味”，花茶既保持了茶叶的鲜爽甘醇，又兼具馥郁的花香。

制作花茶的历史可以追溯到北宋时期，如茶学家蔡襄在《茶录》中所载，“茶有真香，而入贡者微以龙脑和膏，欲助其香”。“入贡”的茶，指的是北苑建安（今福建建瓯）产制的贡品饼茶。供皇家饮用，通常印有龙、凤图案。

饼茶的制作方法与现代制茶工艺不同，是将鲜叶经过蒸、压、研、造、焙等程序制成的紧压茶。

“蒸”是将茶芽洗涤之后，入甑蒸至恰到好处，不能蒸太熟，也不能蒸不熟，蒸太熟了色泽发黄、味道寡淡，蒸不熟色泽偏青、味道生涩。蒸熟的茶称为“茶黄”，将茶黄用布帛包裹，再束上竹皮，然后压榨出内含物质，即茶膏。压黄也讲求恰到好处，时间不能太长，也不能太短，压得太久茶味就没了，压得不够又会导致茶色暗淡且味带苦涩。总之，“蒸压”是饼茶制作的重要环节，直接关系到成茶的品质，须做到“蒸芽欲及熟而香，压黄欲膏尽亟止”，至于具体标准如何，只能靠操作者自己体会了。

蒸压过的芽叶经反复研磨，即可入模具制造成饼。蔡襄所说的在制作贡茶时“以龙脑和膏”，就是指在研茶的过程中加入龙脑，用以提高茶的香气。

虽然北宋时即有记载，但花茶真正发展成熟则是在明清。明代钱椿年《茶谱》记载，“木樨、茉莉、玫瑰、蔷薇、兰蕙、橘花、栀子、木香、梅花皆可作茶”。

清末民初的文学家徐珂在《清稗类钞》“饮食类”中，归纳了明代屠隆《茶笺》、罗廪《茶解》、顾元庆《茶谱》、朱权《茶谱》等茶书中关于花茶制作的方法。现罗列如下，供爱花茶者赏析、点试。

花茶：以花点茶之法，以锡瓶置茗，杂花其中，隔水煮之。一沸即起，令干。将此点茶，则皆作花香。梅、兰、桂、菊、莲、茉莉、玫瑰、蔷薇、木樨、橘诸花皆可。诸花开时，摘其半含半放之蕊，其香气全者，量茶叶之多少以加之。花多，则太香而分茶韵；花少，则不香而不尽其美，必三分茶叶一分花而始称也。

梅花茶：梅花点茶者，梅将开时，摘半开之花，带蒂置于瓶，每重一两，用炒盐一两洒之，勿用手触，必以厚纸数重，密封之，置阴处。次年取时，先置蜜于盏，然后取花二三朵，沸水泡之，花头自开而香美。

莲花茶：莲花点茶者，以日未出时之半含白莲花，拨开。放细茶一撮，纳满蕊中，以麻皮略扎，令其经宿。明晨摘花，倾出茶叶，用建纸包茶焙干。再如前法，随意以别蕊制之，焙干收用。

茉莉花茶：茉莉花点茶者，以熟水半杯候冷，铺竹纸一层，上穿数孔，日暮，采初开之茉莉花，缀于孔，上用纸封，不令泄气。明晨取花簪之，水香可点茶。

玫瑰花茶：玫瑰花点茶者，取未化之燥石灰，研碎铺坛底，隔以两层竹纸，置花于纸，封固。俟花间湿气尽收，极燥，取出花，置之净坛，以点茶，香色绝美。

桂花茶：桂花点茶，法与上同。

香片茶：茶叶用茉莉花拌和而窨藏之，以取芳香者，谓之香片。

制茶工具及模型展示（许坚勇摄）

然《群芳谱》云："上好细茶，忌用花香，反夺真味。"是香片在茶中，实非上品也。然京、津、闽人皆嗜饮之。

橙茶：将橙皮切作细丝一斤，以好茶五斤焙干，入橙丝间和，用密麻布衬垫火箱，置茶于上烘热，净棉被罨之两三时，随用建连纸袋封裹，仍以被罨焙干收用。

在可以点茶的诸花之中，茉莉只是其中一种，好像并不比其他花更突出，让我觉得有趣的是，徐珂在归纳各类花茶时，唯独指出"香片在茶中，实非上品"，后面还特意加了一句，"然京、津、闽人皆嗜饮之"。闽人嗜饮可以理解，本地特产嘛，可是京津地区的茶客呢？明明不属好茶，为什么还嗜饮？

这个问题稍加延伸就变成：北方人为什么爱喝茉莉花茶？

福建出租车司机林师傅说，他的家人朋友没人喝花茶，都是北方人爱喝。邓师傅说，他们本地人喝铁观音比较多，普洱、岩茶也喝，但是不喝花茶，花茶都卖到北方去了，他还曾跟朋友计划倒腾茉莉花茶到东北去卖，听说那边（东北）销量好。车上挂了两包新鲜茉莉花的彭师傅最含蓄，他首先表达了一下对茉莉花的喜爱，说放在车里香气幽幽的，闻起来提神又舒畅，至于茉莉花茶，味道还是太张扬了，北方人爱喝可能是因为北方的茶叶没有

茶山景观（许坚勇摄）

南方这么多。

我从北方老乡那里得到的答案也差不多。大约是因为茶叶属南方特产，北方人并不熟悉，也没有太多选择，只能粗浅地认为茶当然越香越好，至于是花香还是茶香，尚且分得不清，也不觉得重要。不知徐珂是否也有此意，才在评价茉莉花茶并非上品好茶之后，还要特意说明北方人爱喝。

无论由何种花窨制，鲜花都是制作花茶的必要条件，所以花茶产地的花卉事业通常发展较好。比如苏州的虎丘花茶就是在虎丘花卉的基础上发展起来的。

苏州种花历史可追溯至宋代。据民间传说，宋时，朱勔以江南的奇花异草博得权贵青睐以后，在苏州盘剥百姓、肆意妄为，后被处死，其后人从此隐姓埋名，并在虎丘一带以种植花草为生，开虎丘花事之先河。至明清时期，虎丘山塘地区花店、花场众多，已发展成为全国著名花市，清代文士顾禄在《桐桥倚棹录》中对其有详细描述，“花树店：自桐桥迤西，凡十有余家，皆有园圃数亩，为养花之地，谓之园场。种植之人俗呼花园子，营工于圃，月受其值，以接萼、寄枝、剪缚、扦插为能……”“花场，在花园弄及马营弄口。每晨晓鸦未啼，乡间花农各以其所艺花果，肩挑筐负而出，坌集于场。先有贩儿以及花树店人择其佳种，鬻之以求善价。余则花园子人自担于城，半皆遗红剩绿……”顾文铉在《虎丘竹枝词》中也称，“苔痕新绿上阶来，红紫偏教隙地栽。四面青山耕织少，一年衣食在花开”。表明当时虎丘地区不仅鲜花种植规模较大、品种繁多，而且种花已经成为当地农民收入的主要来源。

不仅如此，当时虎丘地区的鲜花种植水平极高，创造了花卉的温室栽培技术。据花神庙碑文记载，“乾隆庚子春，高宗南巡，台使者檄取唐花备进，吴市莫测其术。郡人陈维秀善植花木，得众卉性，乃仿燕京窨窨窨花法为之，花乃大盛。甲辰岁翠华六幸江南，进唐花如前例。繁葩异艳，四时花果，靡不争奇吐馥。群效灵于一月之前，以奉宸游。郡人神之，乃度地立庙，连楹曲廊，有庭有堂，并莳杂花，荫以秀石”。清代尤维熊对此描述为，“花神庙里赛花神，未到花时花事新。不是此中偏放早，布金地暖易为春”。

虎丘花肆以其优越的自然、人文、经济等条件，形成了完整的香花种植、生产和销售体系，充足的香花资源为虎丘花茶的产生和发展提供了必要条件。明代诗人钱希言有诗作：“斗茶时节买花忙，只选多头与干长。花价渐增茶渐减，南风十日满帘香。”生动描绘了当时虎丘花肆买花窨制花茶的繁忙场景。明清时期的山塘街花肆众多，而且一直是苏州茶坊最为集中的地方，更为虎丘花茶的流通提供了便利条件。

福州也是如此，之所以能够成为茉莉花茶的原产地，并于2014年以“茉莉花种植与茶文化系统”入选联合国全球重要农业文化遗产名录，与近2000年前茉莉花的成功引种和种植有着直接且密切的联系。

玉叶银花（许坚勇摄）

04 历史上的福州名茶

与福州天祐二年（905年）以前就开始贡蜡面茶相比，南唐保大四年（946年）建州蜡茶入贡要晚了近半个世纪，太平兴国二年（977年）北苑龙团凤饼更晚了70年。据说北宋茶学家蔡襄任职福州时，经常用屏山西麓龙腰泉水煮茶，原因是“烹煮无沙石气”，而且还手书“苔泉”二字刻于石上。足见宋时福州茶饮的精致品味……

茶树[Camellia sinensis (L.)]，是山茶科山茶属的一种多年生常绿木本植物，性喜温热湿润和偏酸性土壤，耐阴性强，在亚热带、边缘热带和季风温暖带均有分布。福州地处东南沿海，属典型的亚热带季风气候，气温适宜，雨量充沛，温暖湿润，日照充足，霜少无雪，极少有零下低温出现。境内属河口盆地，四周群山峻岭海拔多在600～1000米，山地、丘陵占全区土地总面积的72.68%，森林覆盖率高。自然环境适宜茶树生长，自古即是著名茶区。

唐代陆羽在《茶经·八之出》中记录名茶产地，提到茶叶“生福州、建州、韶州、象州……往往得之，其味极佳”，明确指出了福州是当时的重要茶叶产区，而且所产之茶“其味极佳”。宋代黄裳在《演山集》中也记载，“江淮、荆襄、岭南、两川、二浙，茶之所出，而出于闽中者尤天下之所嗜”。至清代，福州产茶区域遍及所辖各县。如罗源县志载，“茶，诸山皆有，唯小云寺清明采者为第一”；长乐县登云山、玳瑁山一带“居人多种茶”；连江县产茶亦山乡皆有，而焙制最佳者，以鹿池为最，云头山、儒洋等乡次之。

福州不仅各地皆产茶，而且方山（今五虎山）、鼓山、侯官之水西、怀安之凤冈等地所产之茶更是品质优良，誉满天下，居历代名茶之列。

蜡面茶

在福州的历史名茶中，最著名的当属“蜡面茶”。蜡面茶，或称“蜡茶”，因在研茶的过程中加入龙脑等香膏油，制饼干燥之后再以香膏油润饰，制成的茶饼光润如蜡，故而得名。早在建州（今福建建瓯）北苑龙焙未盛之前，福州已制蜡面茶入贡。《旧唐书》（本纪二十下）中有这样一则记载：天祐二年（905年），哀帝下诏，令闽中以后无须

福州气候湿润，多古木绿植（许金勇摄）

再进贡橄榄，每年只进贡蜡面茶就行了。

蜡面茶茶饼较大，而且比较硬，点茶前需要先用温水微微浸渍茶饼，去除膏油之后，才能碾碎。蜡面茶制作工艺复杂，成本高，极为名贵，只做贡茶之用，民间较为罕见。

贡茶是指专供皇室的茶叶。自唐代开始，贡茶生产渐趋专业化，设立了专门督造贡茶的贡焙机构，由官方进行直接管理。比较熟悉的建州蜡茶入贡，是从南唐保大四年（946年）开始的，而北苑贡焙生产龙团凤饼的时间则更晚。在此之前，贡焙一直位于江苏与浙江交界处的顾渚山，生产的贡茶名为“阳羡茶”，或称“紫笋茶”。每年清明之前，阳羡茶的采办工作就在顾渚山展开，制成的贡茶日夜兼程地送至长安，以确保赶上朝廷每年举行的“清明宴”，因此当时阳羡茶又被称为“急程茶”。晚唐诗人李郢在《茶山贡焙歌》中有相关描写：

使君爱客情无已，客在金台价无比。
春风三月贡茶时，尽逐红旌到山里。
焙中清晓朱门开，筐箱渐见新芽来。
陵烟触露不停探，官家赤印连帖催。
朝饥暮匐谁兴哀，喧阗竞纳不盈掬。
一时一饷还成堆，蒸之馥之香胜梅。
研膏架动轰如雷，茶成拜表贡天子。
万人争啖春山摧，驿骑鞭声砉流电。
半夜驱夫谁复见，十日王程路四千。
到时须及清明宴，吾君可谓纳谏君。
谏官不谏何由闻，九重城里虽玉食。
天涯吏役长纷纷，使君忧民惨容色。

就焙尝茶坐诸客，几回到口重咨嗟。
嫩绿鲜芳出何力，山中有酒亦有歌。
乐营房户皆仙家，仙家十队酒百斛。
金丝宴馔随经过，使君是日忧思多。
客亦无言征绮罗，殷勤绕焙复长叹。
官府例成期如何！吴民吴民莫憔悴，
使君作相期苏尔。

这首诗既是“急程茶”的真实写照，同时又表现了贡茶制度对茶农的剥削以及茶农的困苦与无奈。

但贡茶制度对茶农的剥削并不影响人们对于阳羡茶本身的热爱。卢仝曾在《走笔谢孟谏议寄新茶》一诗中以“天子未尝阳羡，茶百草不敢先开花”之句赞之，杜牧在《题茶山》中也有“山实东吴秀，茶称瑞草魁”的描述。

北宋年间，由于全国历史气候由温暖期转为寒冷期，即竺可桢先生所划定的我国“第三个寒冷时期”（1000—1200年），茶树生长受到影响，发芽开采日期随着气候的推迟而延后，紫笋贡茶无法赶在清明前送至洛阳和开封，以供皇帝的大祭“清明宴”之用。因此，宋太宗即位后，只好舍近求远将贡焙由顾渚南移至建州“北苑”，中国贡茶中心也随之由江浙转移到闽北。宋太平兴国二年（977年），北苑正式“始置龙焙，造龙凤茶”。

与福州唐天祐二年（905年）以前就开始贡蜡面茶相比，南唐保大四年（946年）建州蜡茶入贡要晚了近半个世纪，太平兴国二年（977年）北苑龙团凤饼更晚了70年。据说北宋茶学家蔡襄任职福州时，经常用屏山西麓龙腰泉水煮茶，原因是“烹煮无沙石气”，而且还手书“苔泉”二字刻于石上，足见宋时福州茶饮的精致品味。

鼓山柏岩茶

还有一种贡茶，“福州之柏岩”，产于鼓山，名“柏岩茶”，也有“半岩茶”之称。有学者分析，鼓山的柏岩茶可能是王审知的部下种植的。王审知是淮南道光州固始县人，五代十国时期闽国的建立者。他与兄长王潮率光州吏民5000人渡江入闽，将光州的茶叶生产技术也一并带入福建。陆羽《茶经》有载，“淮南以光州为上”，可见当时光州茶叶品质极高，制茶技术水平亦可想而知。所以王潮与王审知带大批光州民众入闽，势必对福建茶业发展起到推动作用。

柏岩茶在明代以后的茶书之中频繁出现。如钱椿年《茶谱》、喻政《茶集》、陈继儒《茶董补》、顾起元《茶略》、张谦德《茶经》、谢肇淛《五杂俎》等，但凡细数天下名茶，都不忘提及“福州之柏岩”。清代诗人黄任在《鼓山志》中记载，“王敬美督学在闽，评鼓山茶为闽第一，武夷、清源不及也”。曾于福州任职的周亮工在《闽小记》中也称赞此茶：“色香风味当为闽中第一，不让虎邱（丘）、龙井也”。

龙井位列中国茶品之首，品质自不必说，虎丘同样也是明清时期的名茶代表。虎丘茶产于苏州虎丘寺西，属于炒青芽茶，史籍中用色如“月下白”、味如“荳花香”、香同“婴儿肉”来描述其品质特征，被品茶者奉为天下第一的“茶中王”。据说虎丘茶是由虎丘寺的僧人种植并制作的，生产规模有限，产量非常少，价格也是“几与银等”。可是随着名气越来越大，惦记的人自然越来越多，官府的征用情况越来越严重，虎丘寺僧的负担也一年年加重。最终，寺僧终于无法承受无度的逼迫索取，将虎丘茶树全部砍伐干净，虎丘茶也再难得见了。

周亮工在江苏、浙江、福建都有过生活或做官的经历，对三地的名茶自然也不会陌生，他能评价柏岩茶不输名冠天下的龙井和虎丘，鼓山柏岩茶的卓越品质可见一斑。而且柏岩茶在清初的价格非常便宜，雨前茶也就卖到“每两十钱”，平民也负担得起，可以说是一款物美价廉的好茶。

在鼓山调研的时候，还听到了一则暖人的故事。

鸦片战争后，福州作为“五口”之一，正式通商开放，距离福州市区十几公里的鼓岭，山高800多米，夏季最高气温很少超过30摄氏度，是理想的避暑胜地。自1886年英国人任尼修建了第一座别墅“宜夏别墅”以后，鼓岭逐渐成为英、法、美、日、俄等20多个国家传教士、外国商人、外交人员的聚居地。外国在华人员在此修建了300多栋西式风格的别墅，而且还建有教堂、医院、网球场、游泳池、万国公益社等公共配套设施，使鼓岭成为一个功能完善的避暑度假区。如今的鼓岭仍然保留着多座完整的老别墅，成为中外民间友好相处的见证。

加州大学物理教授密尔顿·加德纳的父母以前就是美国驻华人员。1901年，密尔顿·加德纳出生还不到10个月，父母就带着他返回中国，一直到10岁才迁回美国。他与中国小伙伴一起吃饭，一起玩耍，整个童年记忆都是有关中国的。“如果不是他的父亲因为义和团运动暂时返美，他原本应该在中国出生。”这是加利福尼亚大学1986年出版的《在忆念中》一书中对物理学教授密尔顿·加德纳的介绍，也是加德纳太太一再坚持要求加州大学这样写的，因为她深知丈夫的心意。

加德纳教授68岁时从加州大学退休，一直把重返儿时生活的地方当成此生最大的心愿。当时中美尚未建交，后来老人又不幸瘫痪，直至1986年去世，也没能达成重返故园的心愿。加德纳太太始终记得，丈夫在弥留之际还一直念叨着“Kuling, Kuling”。于是，能去一趟“Kuling”，也成了加德纳太太的心愿。只是她不知道，那个神秘的地方在哪里。

1991年，加德纳太太在先生的遗物中发现了贴在一张普通练习纸上的11枚邮票，当时正在加州求学的中国留学生钟翰通过邮票上的邮戳辨认出“福州·鼓岭　三年六月初一日”的字样，才终于确定了那个让加德纳夫妇魂牵梦绕的地方。

1992年，钟翰以《啊！鼓岭》为题，将加德纳夫妇的故事投稿到《人民日报》“海外记事”，稿件一经刊登，令众多海内外读者为之动容。1992年8月，已经76岁的加德纳太太在钟翰的陪同下，从旧金山转道北京抵达福州，终于完成了丈夫重返鼓岭的遗愿，还与9位年届九旬的加德纳儿时玩伴一起畅谈往事，见证了中美两国人民的深厚情谊。

2015年，《啊！鼓岭》被改编成音乐剧，继续传递着温馨感人的故事和中美两国人民之间的深厚情谊。

这则动人的故事温暖了很多去游览、品茶的人。故事感人，花茶暖心。

方山露芽

福州南部闽侯县境内的方山也产茶，名“方山露芽”。唐代李肇《国史补》载，“福州有方山之露芽”；宋淳熙年间《三山志》引《毬场山亭记》载，“唐宪宗元和间，诏方山院僧怀恽麟德殿说法，赐之茶。怀恽奏曰：‘此茶不及方山茶佳。’则方山茶得名久矣”。

虽然明代文学家徐𤊹认为其“不如鼓山者佳”，但是清代学者程作舟评名茶10种，“顾渚嫩笋，方山露芽，阳羡春池，西山白露，北苑先春，碧涧明月，霍山黄芽，宜兴紫笋，东川兽目，蒙顶石花”，将方山露芽列在了第二。

方山露芽（许坚勇摄）

刘源长在《茶史》中提到，方山种植了很多柑橘。如果柑橘与茶树一同栽培，则彼此根脉相通，既能使茶吸林果之芬芳，又有利于调节茶场生态，改善茶园小气候环境，抑制茶园杂草生长，有利于茶树的遮阴蔽阳，从而有效提高茶叶产量和品质。有研究表明，荫蔽度达到30%~40%时，茶树的蛋白质、氨基酸、咖啡因等含氮化合物的含量显著增加，并可有效提高鲜叶中茶氨酸、谷氨酸、天门冬氨酸等氨基酸的含量，从而使成茶的滋味更为鲜醇。生长在林果飘香的生态茶园，保证了方山露芽的卓越品质。可见程作舟对此茶的定位还是比较准确的。

七境茶

位于福州市东北部的罗源县七境堂也产名茶，名为“七境茶”。七境是指西竹（西兰）境、程洋境、长弯境、施灞境、廷洋境、寿桥境、洪洋境，每个境包括一些小村落，相当于今天的西兰、墩厝、许洋、寿桥和石壁下5个大队的21个自然村，辐射至周边乡镇，就是以现在的白塔乡、西兰乡、飞竹镇、霍口乡为核心，涵盖周边的起步镇、洪洋乡、中房镇及凤山镇的南门、松山镇的刘洋和上土港两村，碧里乡的西洋、鉴江镇的呈家洋等11个乡镇，所管辖的152个行政村。7个境共建有泰山庙，称“七境堂”，故有七境堂绿茶之名。

七境茶在明清时颇负盛名。其以当地茶树鲜叶为原料，经摊放、杀青、揉捻、烘干制成，毛茶条索紧结细短，形如鞭炮引信，故有“炮仗蕊”之称。香气鲜嫩持久，汤色嫩绿鲜亮，具有香高、口爽、色翠、耐泡等特点。自1955年起连续8年被福建省农业厅评为省名优茶；1999年获“中茶杯”全国名优茶叶二等奖；2001年通过国家茶叶检测中心检测，达到无公害绿色食品标准。主销国内市场。

20世纪90年代，一批品质优良的名优绿茶品种相继问世，如恩顶茶场研制的顶峰毫、梅兰春、鼓山白云，田垱茶场研制的雪峰第一春，还有产于福州雪峰寺附近的雪峰白毛猴等，都是当时畅销江、浙、皖、沪一带的福州名产绿茶。

茉莉花茶

最后就是我们的主角茉莉花茶了。

福州茉莉花茶始于北宋，至明清时期发展最盛。如明代茶书《茗谭》中就有“闽人多以茉莉之属浸水瀹茶”的记载。清代《皇朝续文献通考》也载，“增香有在烘焙时行之者，惟普通多在烘焙以后，多用花朵，以茉莉为最，亦有用珠兰、玫瑰、橙花等，此种以福州附近出产最多。”表明当时福州以茉莉花窨茶已是天下闻名，而且福州也是明清时期我国茉莉花茶的主要产区。20世纪50年代以后，福州茉莉花茶新品、名品层出不穷。

外事礼茶茉莉花茶是专供国务院外事方面使用的特种茉莉花茶，由福州茶厂于20世纪50年代研制。茶坯选料严格，伏花窨提，制造工艺精细。成茶条索紧直匀整，有白毫，色泽油润，香气鲜灵浓郁，滋味醇厚。

明前绿茉莉花茶是产于福州的中档茉莉花茶，20世纪50年代研制。成茶条索紧结，匀整平伏，色泽油润，香气鲜灵浓厚，汤色清澈，口味醇厚隽永，叶底嫩亮。

闽毫茉莉花茶，也称“闽毫”，是产于福州的特种茉莉花茶，1973年研制成功。该茶选制的优质茶坯用伏花精制而成，毫芽肥硕，紧直匀称，香气清鲜浓郁，滋味鲜醇爽口。

雀舌毫茉莉花茶是产于福州的高档茉莉花茶，研制于20世纪50年代。经三次窨花一次提花而成，干茶条索紧细匀称，形似雀舌，锋毫显露，色泽蜜黄，香气鲜灵，滋味浓醇，汤色黄亮清澈。

龙团珠茉莉花茶是产于福州的中档茉莉花茶，因形似圆珠而得名。此茶经两次窨花一次提花而成，成茶圆紧重实、匀整，香气鲜浓，滋味醇厚，汤色黄亮，叶底肥厚，耐泡。

大白毫茉莉花茶也称“大白毫”，是产于福州的特种茉莉花茶，1973年研制。选用高山芽叶肥壮多毫的大白茶等品种茶树首春毫芽制成茶坯，用茉莉伏花经七次窨花一次提花制作而成。毫芽重实匀称，色泽略带淡黄，满披茸毛，香气浓郁鲜灵，鲜浓醇厚，汤色微黄泛绿，冲泡四五次仍有余香。

如今，福州街头巷尾随处可见连锁茶店，各类手摇茶饮因简单、新鲜、选择多样而深受青年消费者青睐，其中当然不乏热饮、调味或冷泡的茉莉花茶。

福州茉莉花茶文化馆（许坚勇摄）

特别是在福州茉莉花种植与茶文化系统被联合国粮农组织认可为全球重要农业文化遗产（2014年）之后，福州茉莉花茶的宣传信息更是铺天盖地，导致我理所当然地产生一种“福州人没有茉莉花茶不喝水”的错觉。

我：您喝茉莉花茶吗？

受访者们：不喝。

我：那喝什么茶？

受访者们：铁观音。

岩茶。

花草茶。

我：您周围有人喝茉莉花茶吗？

受访者们：没有。

基本没有。

我：本地的茉莉花茶都是什么人来买？

受访者们：中老年人比较多，年轻时的口味没改。

北方人。

因为是专程探访，所以总会问人喝不喝茉莉花茶，同时期待得到肯定的回复，见着路边商铺门口摆出的茶桌茶盘，也会凑上前去看看盖碗里泡的是什么茶。可是我的问题都这么具有诱导性了，还是换不来期望的答案。这当然有我的问题，杭州不会人人都喝龙井，南京也没有满大街雨花。可是，从本地消费者的态度来看，福州茉莉花茶想要重振往日辉煌，任重道远。

不管怎样，优越的自然环境条件和深厚的历史积淀为这座城市孕育了兼容多元的味道，我择其中一味，与爱花茶者一起，细品福州的淡雅与幽香。

福州刚好处于茉莉花露地栽培的最北缘，闽江下游的冲积平原土壤呈微酸性或中性，沙壤土，土质肥沃，适宜茉莉生长。特别是在闽江下游两岸及闽江入海口处，所产茉莉花香气鲜灵浓郁，品质极优。福州还拥有独特的单瓣茉莉品种，这就使其不仅具备优质茶坯生产条件，而且在茉莉花原料方面也具有绝对优势……

与其他茶类不同，花茶的原料构成除了茶树鲜叶以外，还需要茉莉鲜花。考虑到历史时期的交通运输情况，这一原料要求决定了茉莉花茶的创制和规模生产需要具备一个特殊条件，即茶树与茉莉产区不能距离太远。而且窨制过程只能在茉莉产区进行，因为即便是现在，茉莉花朵的保存也不是一件容易的事。

从植物自身对环境的要求来看，茶树喜欢温暖湿润的气候。多数茶树品种日平均气温需要稳定在10摄氏度以上，茶芽才开始萌动。茶芽萌发以后，当气温继续升高到14～16摄氏度时，茶芽逐渐展开嫩叶。最适宜茶树生长的温度是20～25摄氏度之间。茶树对水分也有较高要求，适宜种茶的地区年降水量要在1000毫米以上。如果在一定高度的山区，雨量充沛，云雾多，空气湿度大，漫射光强，则对茶树的生长发育更为有利。茶树对自然环境的要求，特别是对温度的要求，决定了它的地理分布情况，因此中国茶树种植范围主要集中在秦岭和淮河以南，北限大约在甘南、陕南、豫南、鲁东南一线。

茉莉也喜欢温暖湿润的环境，而且与茶树相比，茉莉要求的温度更高。它在10摄氏度以下生长缓慢，甚至停止活动，温度要达到19摄氏度左右才开始萌芽，最适宜的生长温度为28～38摄氏度之间。而对于生产花茶的重要原料茉莉花来说，对温度的要求则更高。茉莉孕育花蕾需要在25摄氏度以上，32～37摄氏度是花芽生育的最适宜温度，而最适宜茉莉花开放、吐香的温度是35～37摄氏度。只有在这样的高温下，茉莉花才能开放得早，而且开放得均匀，色泽洁白，香气浓烈。此外，茉莉对水分的要求也很挑剔，它喜欢湿润，但又怕涝，要求月降水量在100～150毫米，空气湿度75%～80%，才能保证花的产量和质量。所以茉莉需要种植在湿润的土壤环境中，也就是说，只有江河边的冲积土或沙洲才能满足茉莉的种植要求，保证茉莉花品质。茉莉对自然环境更加严

山村景观（许坚勇摄）

苛的要求决定了其地理分布仅限于云南、福建、广西的部分地区。

从茶树与茉莉的地理分布来看，有条件创制和规模生产茉莉花茶的区域集中在云南、福建、广西的部分地区。但这些区域的大部分地区生态条件更适宜种植红茶、普洱茶、乌龙茶等滋味浓郁的茶类，而窨制茉莉花茶的茶坯则要求采用具有香高、味爽、色绿、耐泡等品质特征的烘青绿茶，这就将茶坯生产的适宜区域又进一步缩小到了福州、宁德、南平等地。

山地自然风光（许坚勇摄）

福州属于亚热带海洋性季风气候，温暖湿润，雨量充沛，四季常青，年平均气温19.6摄氏度，年平均降水量1342.5毫米，全年无霜期326天，年相对湿度77%。地面水环境质量达国家Ⅱ类标准，环境空气质量达国家Ⅱ级标准。土壤疏松、肥沃、沙质，土层深厚，通气排水性能好。境内山地、丘陵占全区土地总面积的72.68%，森林覆盖率高，为茶树生长提供了优越条件。而且福州刚好处于茉莉花露地栽培的最北缘，闽江下游的冲积平原土壤呈微酸性或中性，沙壤土，土质肥沃，适宜茉莉生长。特别是在闽江下游两岸及闽江入海口处，所产茉莉花香气鲜灵浓郁，品质极优。福州还拥有独特的单瓣茉莉品种，这就使其不仅具备优质茶坯生产条件，而且在茉莉花原料方面也具有绝对优势。

所以，仅仅从自然地理因素上看，历史时期有能力创制和规模生产茉莉花茶的地区就在福州。福州也凭借这一得天独厚的条件，成为世界茉莉花茶发源地。

在长期的协同进化过程中，福州茉莉花茶种植系统逐渐完善，形成了今天我们所珍视的环境、农业与人，三者和谐共生的典范。而这也正是全球重要农业文化遗产试点所需的必要条件。

按照GIAHS项目计划，纳入动态保护与适应性管理的农业文化遗产试点需要具备：与世界上其他同类型农业文化遗产相比具有显著的独特性；已经或正在围绕农业文化遗产制订相应保护与发展规划；遗产所在地民众积极参与保护活动；已完成初步的组织建设和制度建设；遗产所在地政府给予财政支持和技术保障等优势。

此外，遗产试点还要能够提供保障当地居民粮食安全、生计安全和社会福祉的物质基础；具有遗传资源与生物多样性保护、水土保护、水源涵养等多种生态服务功能和景观生态价值；蕴含生物资源利用、农业生产、水土资源管理、景观保持等方面的本土知识和技术；拥有深厚的历史积淀和丰富的文化多样性，在社会组织、精神、宗教信仰和艺术等方面具有文化传承的价值；体现人与自然和谐演进的生态智慧。

在众多条件中，食物与生计安全性，生物多样性与生态系统功能，知识系统和适应技术，农业文化、价值体系与社会组织，景观和水土资源管理特征也是当前GIAHS项目评选所依照的最主要的标准。

食物与生计安全性

遗产试点应提供保障当地居民粮食安全、生计安全和社会福祉的物质基础，这包括本地社区的物质供应和流通，创造一个相对稳定并具有适应力的食物与生计系统。

茉莉花茶系统就是一个主要的食物和生计来源，它涉及了多元化的农业生产与经营。在茶叶和茉莉花种植方面，从11月到第二年4月，农民用稻草培育蘑菇，再将残渣作为茉莉花的肥料；从4月到9月，农民对茉莉花进行修剪，采摘茉莉花朵。新鲜的茉莉花朵用来窨制茉莉花茶，废弃无用的茉莉花则可用作肉牛和奶牛的饲料。这一过程包括了蘑菇、茉莉花茶、牛奶和肉类生产。此外，从2月开始，茶园中的茶树栽培、茶叶生产以及其他食品的生产也在同时进行。

在鼓岭生态茶园调研期间，从山丘高处放眼望去，茶树层层排布、整齐有序，福州市区也尽收眼底。鼓岭的万亩茶园遍布海拔1300米的山峦翠岗之中，当时正值春夏交替，春茶已经采摘完毕，夏茶的采摘工作还没开始，远观整齐的茶园近看起来却杂草丛生，好像很久无人打理，时不时还能看见几只漫步山间的羊，悠然地吃着杂草和小树上的叶子。基地负责人黄大姐告诉我们："这里是生态茶园基地，没有洒除草药物，而且现在不是采茶的季节，工人们都放假了，所以才会长出好多杂草，等到了采夏茶的时间，工人来了就会除草的。"看着吃草的小羊，黄大姐接着说："羊不爱吃茶树叶子，不过要是没有草和其他树叶，它们饿急了也会吃上两口。"

群山中间的一大片平地，建有一大片厂房，是基地的茶叶生产区。厂房内有很多现代化制茶机器，按照制茶工序顺时针摆放，实现摊晾、杀青、揉捻、解块、烘干等一系列工序的连续化与自动化。

鼓岭生态茶园基地只是春伦9个"公司+合作社+农户"模式茶园基地之一，除此之外在福州地区还设有800亩的生态旅游观光生态园、福州茉莉花茶科普示范基地和7000亩的春伦茉莉花生态种植基地。这些茶园、花园为品牌提供低成本、高质量的茶叶和茉莉花原料。

在生计安全与保障方面，茉莉花和茶产业也是当地农民的主要收入来源，茶叶生产企业也对地方经济做出了卓越贡献。具体来说，茉莉花产业对民生有三大贡献：第一，每亩茉莉花的年收入超过1万元；第二，地方政府对新增茉莉花种植的补助津贴为每亩1000元；第三，政府补贴农民使用有机肥料种植茉莉花。福州茶产业对当地农民收入的贡献体现在实施"企业+农户"的模式。2009年福州12个茶叶企业拥有自己的茶园，面积达5835公顷，年销售茶叶1.1万吨，销售额1.37亿元，农民拥有茶园面积3232公顷，年产量5000吨，茶农人均年收入为3700元。此外，茉莉花、茶与龙眼、橄榄等间作以及其间涉及的其他农业生产活动，也能增加农户收入。

生物多样性与生态系统功能

遗产试点应具有遗传资源与生物多样性保护、水土保持、水源涵养等多种生态服务功能和景观生态价值，还应具有全球性（或全国性）的重要生物多样性和遗传资源的粮食和农业（例如，特有的、罕见的濒危动物和作物）。

茉莉花的品种较多，在中国就有60多个品种，主要栽培品种包括单瓣茉莉和双瓣茉莉，其中单瓣茉莉为福州特有品种。

福州茉莉花和绿茶林下的生态系统物种十分丰富。据闵庆文教授统计，茶园生态系统植物有53科111属147种，动物有55科79种，茉莉花生态系统物种有动物29科51种。其中，单脚蛭为福州特有物种，1979年首次发现产于茉莉花附近湿地。黄色河蚬也是福州特有品种，只生存于环境极佳的湿地，其存在也反映了闽江江滨湿地优越的生态环境。茉莉花种植的河滨湿地也是鸟类的栖息地，共有鸟类10目19科73种，其中属于国家二级保护动物的鸟类占总数的15%，另有48种《中日候鸟保护协定》保护鸟类。

福州还拥有独特的地形地貌，纵横交错的河流和湿地，以及丰富的天然和人工植被。据调查，福州的森林覆盖率达54.9%，拥有83种国家重点保护野生动物，43种省级重点保护陆生野生动物，300种省级一般保护陆生野生动物，以及37种国家重点保护珍稀野生植物。其中黑嘴端凤头燕鸥和黑脸琵鹭分别被列为全球极危（全球仅100只）和濒危（全球仅600只）物种。

茉莉花和茶树对于水土保持和调节气候等方面起到了积极作用。茉莉花大多种植于河边的平原和滩涂，具有防止雨水冲刷河岸、有效减轻水土流失的功能。种植茉莉花一般采用有机肥做底肥，挖深沟高起垄，能够增加土壤的孔隙度和含水量，从而达到保持水土的效果；部分地区农户用龙眼、橄榄、柑橘、白玉兰等与茉莉花进行套作，在增加单位体积土壤生物量和地上植被覆盖率的同时，也减少了土壤的流失；茶树种植采用修筑梯田栽种植株的形式，梯田则可以减缓坡面水流速度，增加下渗量，减少坡面净流量，从而降低水流对坡面土壤的冲刷强度。

在调节气候与大气成分等方面，由于茉莉花和茶树通常成片集中种植，使区域内的蒸腾作用加强，形成稳定的小气候，对局部气候起到调节作用。研究表明，茉莉花与茶种植区的空气质量优于邻近地区，空气湿度和负离子含量均高于邻近区域。此外，茉莉和茶树叶片对烟尘也具有一定程度的吸附功能，从而达到净化空气的效果。

知识系统和适应技术

遗产试点应蕴含生物资源利用、农业生产、水土资源管理、景观保持等方面的知识和技术，包括生物群、土地、水，以及常规农业生态管理机构、资源获取和利益共享等规范安排的社会组织与机构。

茉莉花茶由茉莉花与茶经过复杂的工艺加工而成，其知识和技术系统均涉及茉莉花、茶和茉莉花茶3个方面，每个方面都涵盖了具体细致的知识与经验。

知识系统包括茉莉花栽培知识，例如河边沙地是最佳栽培区域，修剪枝条可以防治虫害，农民的采摘经验能够影响茉莉花朵的产量，渔具可以作为盛放茉莉花的容器，采花时的服饰等内容；茶叶栽培知识，例如海拔200米以上的环境条件适宜发展茶叶，通过修剪和套种防治害虫，茶树枝条再生，采摘能够影响茶叶的品质等经验等内容。

技术系统则包括茉莉花的田间种植、管理、采摘，茶苗选择与种植、采茶，以及茉莉花茶的窨制等技术。

农业文化、价值体系与社会组织

遗产试点应具有深厚的历史积淀和丰富的文化多样性，在社会组织、精神、宗教信仰和艺术等方面具有文化传承的价值。地方机构在平衡环境和社会经济目标、建立恢复力以及对农业系统运作的所有要素和过程的再生中发挥关键作用。

从古至今，茉莉花与茉莉花茶文化已经根植于我国社会经济生活的方方面面。茉莉花既具有装饰、熏香、医疗等作用，又是淡泊名利、纯洁友情与莫离爱情的象征。茉莉簪饰文化至今仍盛行于福州，茉莉花茶的成熟工艺与饮茶文化更为世界留下了深刻印象。为了使茉莉花与茶文化能够继续传承，社会组织与地方机构都在尝试采取相应措施。例如茶叶企业与农户联合生产，协定在收获季时，企业向农民提供稳定的收购价格，同时农民也必须保证茉莉花与茶叶的优良品质。福建省茶叶学会、福建茶文化协会等由茶农、企业和学者组成的行业协会也肩负着改进和传承茉莉花茶工艺与文化的责任。2009年和2011年，福州茉莉花茶产业联盟和海峡两岸茶业交流协会相继成立，旨在为促进茶产业与茶文化的发展做出更大贡献。

景观和水土资源管理特征

由人类管理而形成的景观特征为环境或社会约束提供了特别巧妙或实际的解决方案，包括土地使用系统、灌溉/水管理系统、梯田、特定生态系统的适应体系结构，它可以提供资源节约/效率或为生物多样性、娱乐价值的集体或非商业利用价值（生态系统的美学、艺术、教育、精神和科技价值）提供栖息地。

茶和茉莉花分别生长在山地丘陵与滩涂湿地，再加上福州丰富的地形地貌，形成了从山顶到河边，茶、树、村庄、茉莉花、河流垂直分布的独特景观。在石质山上，梯田被亚热带森林环绕；在沙质丘陵，梯田处于森林之上，延伸至海拔200米的高度。因此，在沙质丘陵山区，顶部是梯田茶园，脚下是森林，而茉莉花则分布在河边的冲积平原地带。与茉莉花间种的荔枝、龙眼、橄榄虽然树干相对较高，但因植株疏散，不会对茉莉花造成遮挡，同时又能收获水果等副产品，具有极高的景观、审美、旅游与经济价值。

在水土资源管理和利用方面，茶与茉莉花的种植蕴含着古老而深刻的智慧。福州多山，建有梯田的山坡刚好适宜茶树种植，同时能够有效降低地表径流速度，减缓地表冲刷，从而提高水和肥料的利用率。选择在河边沙地种植茉莉花则是出于闽江水文条件的充分考虑。茉莉喜光喜湿，要求土壤具有高含水量和渗透性，但根部如果长时间浸泡在水中又会导致腐烂。夏天的闽江上游处于丰水期，而河岸则是具有渗透性的沙质田地。当茉莉处于生长季时，对水分和营养的需求可以在河边得到满足，当其进入花季时，虽然水位已经下降，但茉莉的根系仍能帮助其获得充足的水分和营养。此外，茉莉可以在被淹没的状态下正常生长7天左右，因此具有短期抗涝的能力，同时还能加快泥沙沉积，对河岸边的种植区域形成保护。

为了使GIAHS项目试点得以有效保护与可持续发展，针对项目试点或潜在遗产地，联合国粮农组织建议各试点结合自身的实际情况，制订专门的保护规划与行动计划。福州茉莉花种植与茶文化系统是一个适应当地生态条件的“茉莉花基地（湿地）—茶园（山地）”循环有机生态农业系统，是古人利用环境、适应环境发展农业的典范，是农业的活化石。但由于城市建设和其他产业发展，福州茉莉花茶传统生产模式变得濒危。近年来，福州围绕茉莉花与茶文化遗产的保护、应用、研究、宣传等方面已经开展了很多工作，包括建立健全法律法规，加强政策支持与财政支持，组织全面调查与研究并建立综合性数据库，加强品牌建设与宣传推广等，为福州茉莉花与茶文化遗产营造了良好的保护与发展氛围。

梯田茶园与森林景观（陈大军摄）

树影婆娑（许坚勇摄）

Agricultural
Heritage

茉莉的清香总是透着一股清凉，自古以来就多用于熏香，司机师傅深谙此理。他将花轻轻扔在台面上，接着说，“我这个是刚买的，价格有点高，不过看人家老奶奶卖花也不容易，所以贵就贵一点了，大热天的，都不容易。”我看着倒车镜上摇摆的白嫩小花朵，感觉身边的司机师傅闪闪发光。难道这佛国来的佛教之花能感化众生吗……

他年我若修花史，列作人间第一香。

这是宋人江奎《茉莉》诗中的句子。江奎没有修花史，而茉莉香却独逞芳菲近2000年。自西汉由印度或波斯引入我国以来，茉莉从南方传播至北方，从观赏延伸到药用熏香，从佛教之花到寄托素雅情思，融入社会生活的方方面面。

福州以茉莉为市花，自然是带着自豪与真爱。每年6月至10月，茉莉花期之间，福州街巷随处可见兜售茉莉花的商贩。有移动着卖的，有摆着摊卖的，一兜兜一串串，满城花香清婉。

据说福州的出租车师傅最爱在车里挂茉莉花，当作天然清新剂。果然，一上车就发现倒车镜上挂着茉莉花，台面上也散着几朵。听闻我们要去“绿茗茶业”的茉莉花基地，便随手拿起散放的茉莉花凑在鼻子前，深深吸了两口，说：“这花香得自然，放在车里空气都清新了，像我们开车，一整天窝在车里，空气不好，闻着花香能提神，心情也舒畅，你们乘客上来也能感觉到温馨。”

宋人刘克庄有诗咏茉莉：“一卉能熏一室香，炎天犹觉玉肌凉。野人不敢烦天女，自折琼枝置枕旁。”宋代宫廷中为了祛暑，常在庭院放上数百盆茉莉、素馨等南方花卉，然后用风轮鼓风，熏得满殿清香，以解夏日炎热之烦。

茉莉的清香总是透着一股清凉，自古以来就多用于熏香，司机师傅深谙此理。他将花轻轻扔在台面上，接着说，“我这个是刚买的，价格有点高，不过看人家老奶奶卖花也不容易，所以贵就贵一点了，大热天的，都不容易。”

我看着倒车镜上摇摆的白嫩小花朵，感觉身边的司机师傅闪闪发光。难道这佛国来的佛教之花能感化众生吗？

车里挂茉莉花（许坚勇摄）

茉莉（Jasminum Sambac Aiton）原产波斯湾一带，大约在汉代通过海路由波斯传入中国。也有研究认为，印度也是茉莉的原产地之一，因此茉莉的来源可能不止一个，由波斯人或印度人带入中国都有可能。但最早且最广泛的观点则认为，茉莉来自波斯。

茉莉传入中国后，最初主要在广东、福建、云南一带栽培，后逐步推广到江南地区，苏州、杭州、南京等地尤为出名。明清时期苏州虎丘曾一度成为全国最大的茉莉花茶产地，就源于茉莉向江南地区的推广与大量种植。

自古以来，这一木樨科常绿灌木就有很多称谓。如《南方草木状》《朱熹集》中的“末利”，《洛阳名园记》中的“抹厉”，佛经、《花

雨后茉莉（陈大军摄）

镜》中的“抹利”，《梅溪集》中的“没利”，《洪景卢集》中的“末丽”，《群芳谱》中的“抹力”，还有《翻译名义集》中的“摩利”等，都是茉莉的古称。而所有名称都与梵文mallik同音，即《本草纲目》所释，“末利本梵语，无正字，随人会意而已”。

梵语，汉传佛教认为是由佛教守护神梵天所造。这样看来，梵文发音的“茉莉”多少带着些佛性吧，所以才会有唐代诗人李群玉“天香开茉莉，梵树落菩提”的感悟。

“绿茗”的茉莉花基地距离福州市区大约70多千米，刚下过雨的路有些难走，可这良好的生态环境也是赋予茉莉花高品质的重要条件。

古人通常以形状、香气、颜色等要素划分茉莉品种。如《花镜》记述珠宝茉莉，或称宝珠茉莉，“一种珠宝茉莉，花似小荷而品最贵，初蕊时如珠；至暮始放，花开香满一室，清丽可人”。《临武县志》亦载，“茉莉，一种名宝珠者，花上缀珠，态可玩，而香稍逊”。《会昌县志》记载了一种洋茉莉，“双瓣，甚好看，但香不如单瓣者”。《赣州府志》中也有关于洋茉莉的记载，“茉莉，赣产最盛，木本为贵，藤本次之，单瓣者多，双瓣者为洋茉莉”。《长宁县志》记载，“一种鬼子茉莉，极香”。《岭南杂记》记载，“又有番茉莉，花大如龙眼，千叶，极香，但花瓣层叠，鲜有开足者”。《广东志》记载了绿茉莉，“雷琼二州，有绿茉莉”。《福建通志》则记载，“一种红色曰红茉莉，穗生，有毒”。

红茉莉虽然有毒，可是作为美妆用品却透着一种与众不同的韵味。明代大才子唐寅的一首七绝诗《佳人插花图》中写道：“春困无端压黛眉，梳成松鬓出帘迟。手拈茉莉猩红朵，欲插逢人问可宜？”诗中描绘了一幅佳人梳妆的绝妙场景，而佳人所用的正是红茉莉。

我们现在所说的茉莉品种，是依据花冠层数划分的，包括单瓣、双瓣和多瓣。

单瓣茉莉，也叫尖头茉莉，植株比较矮小，茎枝较细，呈藤蔓形，所以又称“藤本茉莉”，包括台湾种单瓣茉莉、泰越单瓣茉莉、北方单瓣茉莉、毛茉莉、长乐种单瓣茉莉、传统单瓣茉莉等。我国单瓣茉莉经各地多年选育，形成较多的地方良种，产量高、品质好的有福建长乐种、福州种、金华种、台湾种。单瓣茉莉花蕾开放时间早，伏花一般在傍晚6—7时开放，花香清爽、鲜灵。用单瓣茉莉窨制的茉莉花茶，香气浓郁，滋味鲜爽，为双瓣茉莉花所不及。

双瓣茉莉，直立丛生灌木，多分枝，茎枝较粗硬，较单瓣茉莉枝干坚韧，抗逆性较强，较耐寒、耐湿，易于栽培，单位面积产量高，是我国主要栽培品种。伏花一般在晚上8—9时左右开放，自然吐香可延缓十几小时，花香较浓烈。

多瓣茉莉，花冠多为3～4层。通常在晚上7—8时开放，多为先开1～2层，其余的要等第二天才能全部开完，开花时间较长，而且花香较淡，所以一般不在香料提取和花茶生产中应用。

福州茉莉花在历史上多是单瓣品种，俗称“福州种”“本地种”或“长乐种”。福州的单瓣茉莉不仅是窨制茉莉花茶的极品，用其窨制的鼻烟也质量上乘。据载清代有个名叫“天蕙斋”的烟铺，将烟叶研制成鼻烟坯子之后要专门运到福建窨第一遍，称为“头窨”，而且必须是长乐县陈通记花庄和陈官记花庄的单瓣茉莉花。头窨后的半成品运到北京，还要用右安门外黄土岗一带专养的白茉莉再窨制5～6次，每次用新鲜茉莉花窨制7～8个小时，这样窨制的鼻烟花香持久、柔和、味长、刺激性小，品质精良。

福州的单瓣茉莉曾于1882年传入台湾，经培育而成为高产优质良种。抗日战争胜利后，福州花农将此单瓣茉莉品种又从台湾引进回来，称为“台湾种”。1963年以来，福州多次从广州引进产量更高的双瓣茉莉品种，俗称“广东种”，并进行大量种植。

明代高濂在《遵生八笺》中记载：“茉莉花二种，有千叶。初开时，花心如珠，有单瓣者喜肥，以米泔水浇之，则花开不绝；或皮屑浸水浇之，亦可。”又云：“宜粪，但欲加土壅根为妙。惟难过冬，若天色作寒，移置南牕下。每日向阳，至十分干燥，以水微湿其根；或以朝南屋内泥地上，掘一浅坑，将花缸存下，以缸平地。上以篾笼罩花，日傍以泥筑实无隙通风，此最妙法也。至立夏前，方可去罩。盆中周遭去土一层，以肥土填上，用水浇之，芽发方灌以粪。次年，和根取起，换土栽，过无不活者。如此收藏多年，可延。”又云：“卖花者，惟欲花瘁其中，有说夏间收回即换土种之，去其故土砻糠，亦是一法。”茉莉花喜欢温暖湿润的环境，并且要有良好的通风条件，所以每天都要晒太阳，干燥时要浇水保持根部柔软。茉莉花不耐低温、霜冻，所以冬天要放置在朝南的房间。种植茉莉花最好的肥料就是粪肥，过冬之后需要换土栽种并摘蕊整形。另外，在夏天盛花期后，要进行重新修剪，以利于新枝萌发，使得茉莉花能够整齐健壮，下一季开花更加旺盛。

茉莉对温度反应极为敏感，喜湿喜热喜光照，不耐霜冻和低温，10摄氏度以下就会生长缓慢，0摄氏度以下易受冻害，如果再遇上霜冻，会导致大部分枝条干枯死亡。所以只有在年平均气温18摄氏度以上，冬季5厘米以下土壤的绝对最低温度在0摄氏度以上的地区，茉莉才能进行露天栽培。19摄氏度左右萌芽，25摄氏度以上开始孕育花蕾，32～37摄氏度为花芽生育最适温度，35～37摄氏度是开放、吐香的最适温度。

福州夏季高温多雨，无霜期长，土壤也是肥力高、湿润且透水性强的沙质土壤，拥有得天独厚的露天栽培条件，因此也是最早引种茉莉的地区之一。得益于独特的盆地地貌和闽江口沙洲湿地生态，以及优越的光、温、水、热等自然条件，使得福州扦插茉莉易成活，茉莉花品质好，而且花期从5月上旬开始一直持续到11月初，长达170天。

21世纪以来，福州注重打造茉莉花这一城市名片，出台了一系列扶持政策，如对新植茉莉花生产基地给予财政补贴、恢复和保护丘陵山地和部分平原地块用于种植茉莉花、保护茉莉花最适宜种植区域等。2013年和2014年，福州茉莉花与茶文化系统先后被中国农业部和联合国粮农组织列为“中国重要农业文化遗产”和“全球重要农业文化遗产”保护项目，福州茉莉花产业又被注入了一剂强心针。福州市政府随即出台了《福州市茉莉花茶保护规定》，其中明确提出为了保证高品质茉莉花的种植面积，对茉莉花种植基地实行分级保护，分为一级种植基地和二级种植基地，并严格征收条件，加大保护力度。

目前，福州辖区的茉莉花种植面积已达1.5万亩，辐射周边面积1.8万亩，闽江、乌龙江、马江、敖江、大樟溪沿岸形成了茉莉花园生态走廊，茉莉花种植面积、年产量和产值均呈现逐年上升的态势。据中国茶叶流通协会统计，2014年福州茉莉鲜花产值达到1.9亿元。

当然，福州茉莉花产业的繁荣并不是近十几年才开始的，而是经历了1000多年漫长又跌宕的发展历程。

早在宋代，茉莉在福州已得到广泛种植，可谓“树树奇南结，家家茉莉开”。陈傅在《欧冶遗事》中记录福州特产，称“果有荔枝，花有茉莉，天下未有”。福州现存最早的地方志《三山志》中也有“（茉莉）独闽中有之”的记载。

明代，福州茉莉种植已经相当普遍，并大量销往北方，正如《五杂俎》中描述的，“此花在闽中，极多且贱，与素馨、茉莉皆不择地而生者，北至吴、楚始渐贵重耳。茉莉在三吴，一本千钱，入齐辄三倍酬直。而闽、广家家植地编篱，与木槿不殊”。

19世纪50年代，福州茉莉花茶开始商品性生产，茉莉在长乐、闽侯广为种植，所谓“八闽高山茶嫩芽，闽江两岸茉莉香”，长乐、闽侯两地成为我国最早的茉莉生产基地，福州也成为当时中国最大的茉莉香花产地以及全国茉莉花茶的窨制中心和集散地。

据说这与慈禧的喜好大为相关。慈禧对福州所

绿茗茉莉花园（陈大军摄）

产的茉莉花茶情有独钟，最爱喝的是“茉莉双窨”。“双窨”就是窨两次的意思，也就是把已经窨制好的茉莉花茶，在饮用之前再用新鲜的茉莉窨制一次，进一步提升茉莉香气。慈禧也特别喜欢茉莉花，拍照时总会在头上佩戴几朵，而且还霸气地规定皇后与宫眷不得簪鲜花，但出于太后殊恩而赏之还是可以戴的。

这一时期，来自天津、河北、山东、安徽、广东、江苏等地，以及福建本地的茶商云集福州，数量多达80余家。北京、天津一带的茶商将安徽、浙江等地的绿茶运到福州，福州本地茶商如长乐帮的李祥春、生盛、大生福等茶号则在福州设庄，收购茉莉花，窨制茉莉花茶，而后销往华北、东北各地。他们在福州开行、办厂、设庄，并组成天津帮、平徽帮（包括河北、山东茶商的山东帮以及北京、安徽茶商的平徽帮）、茶庄帮（多为本地茶商），窨制茉莉花茶，极大促进了福州的茉莉香花产业。外商也到福州开设洋行，专门收购茉莉花茶，茉莉花茶大量销往欧美和南洋各地，也极大地刺激了福州茉莉花种植业的发展。

19世纪末至20世纪初，福州茉莉花栽培主要在南台、闽侯、长乐等地，以闽侯最为集中，遍及当时的白湖区、湖里区、东水区、旗上区、旗下区、井汤区、莲怀区、凤岗区、洪马淮区、洪甘中区等处。1928—1936年间，福州茉莉花年产量均在5万担[1]以上，1936年产量高达6万担，创历史最高值。据记载，当时福州米价为8元/担，而茉莉花的平均价格达到33.6元/担，是米价的4倍有余。丰厚的回报带动了当地农民种植茉莉花的热情，当时福州的闽江两岸，闽侯、长乐等地出现了大规模的茉莉花园，盛况空前。与此同时，福州茉莉花茶年产量已达到近万吨。

分店遍布全国的吴裕泰和张一元都是福州茉莉花茶在北方的主要销售商。“吴裕泰”始创于清光绪十三年（1887年），是吴锡卿为了家族茶庄能够集中进储茶叶而设立的茶栈。当时吴氏家族已在北京开设了多家茶庄，包括朝外大街的吴德利茶庄、广安门内大街的协利茶庄、西单北大街的吴新昌茶庄、崇文门大街的吴鼎裕茶庄、崇文门内的信大茶庄以及通县城内的干泰聚、福盛茶庄等。吴氏茶庄从福建、安徽、浙江等地购买茶叶，然后运至福州、苏州等地窨制茉莉花茶，再经水路运往京城拼配成各种档次的花茶。“张一元”，取“一元复始，万象更新”之意，始创于光绪二十六年（1900年），创始人是张文卿。1925年，张文卿亲自到福建开办茶场，雇用当地人收购新鲜茶叶原料和鲜花原料，按照京城人的口味在当地进行窨制、拼配，生产出以“汤清、味浓、入口芳香、回味无穷”为特点的小叶花茶。而且由于张一元的茉莉花茶是在自家茶场窨制的，所以价格要比其他茶庄便宜，颇受京城百姓认可。

从20世纪30年代末开始，由于战争，福州的茉莉花种植业、花茶生产与外销，均遭受严重影响，花园荒芜，花农改种其他农作物糊口，茉莉花产量迅速减少，40年代末鲜花年产量仅有8000担。这种情况一直持续到中华人民共和国成立才有所缓解。

中华人民共和国成立后，在政策支持下建立国营茶厂、实现茶业公私合营，刺激了福州茉莉花和花茶产业复兴发展，产量和出口量一度居全国之冠，远销20多个国家和地区。由于福州茉莉花茶独特的品味和过硬的质量，改革开放前，中国出口的茉莉花茶全部为福州出产，成为知名的“中国春天的味道”。

1958—1985年福建花茶供应出口情况表

年份	福建（万担）	全国（万担）	比重（%）
1958	0.72	0.75	96.0
1959	0.57	0.57	100.0
1960	1.26	1.26	100.0
1961	0.5	0.5	100.0
1962	0.54	0.54	100.0
1963	0.63	0.63	100.0
1964	0.8	0.8	100.0
1965	1.01	1.01	100.0
1966	1.12	1.12	100.0
1967	1.25	1.25	100.0
1972	1.26	1.55	81.3
1973	1.43	1.66	86.1
1974	1.55	2.75	56.4
1975	2.27	2.68	84.7
1976	1.92	2.32	82.8
1977	2.84	3.05	93.1
1978	2.63	3.14	83.8
1979	2.98	3.48	85.6
1980	3.02	3.66	82.5
1981	3.28	3.34	98.2
1982	3.36	3.42	98.2
1983	3.93	4.00	98.3
1984	2.13	2.22	95.9
1985	2.92	3.15	92.7

资料来源：
杨江帆，《福建茉莉花茶》，厦门：厦门大学出版社，2008年。

城中茉莉园（许坚勇摄）

改革开放后，福州茉莉花茶的加工生产达到历史巅峰。20世纪80年代，福州的茉莉花种植基地达到10万亩以上，花茶加工企业千余家，在省、部以及全国花茶评比会上频频获奖。1978年福州闽毫茉莉花茶被评为全国名茶；1982年福州明前二、三、四级，宁德天山茉莉银毫、特级茉莉花茶，政和二、三级分获商业部优质产品称号；1985年和1986年，福建茉莉花茶和新芽牌茉莉花茶袋泡茶分获国际美食旅游协会颁发的金桂奖；1990年福州茶厂“罗星塔”牌茉莉闽毫被评为全国名茶。福州市政府在1986年将茉莉花定为福州市花。

20世纪90年代，福州茉莉花产业又一次遭遇危机。由于城市发展的不断加快，旧城改造和新区建设有序展开，从路网、桥梁，到公园、广场，福州逐渐成为一座现代化都市。但与此同时，闽江两岸、闽侯等传统茉莉花种植区的土地也被大量征用，福州市郊区如福州晋安区的新店镇、仓山区的盖山镇和胪累镇、金山及闽侯上街等大部分茉莉种植区也已消失，导致茉莉花种植面积不断萎缩，种植量从7万多亩降至不足2万亩。

鲜花产量的下降导致花价逐步攀升，迫使厂家将茶坯运到省外其他茉莉花产区窨制，福建花茶产业遭受严重影响，市场份额从原来占全国的60%～70%下降到不足20%，花茶市场萎靡不振。

2001—2005年福建花茶供应出口情况表

年份	福建（吨）	全国（吨）	比重（%）
2001	2512	18339	13.7
2002	2260	14697	15.4
2003	1933	16279	11.9
2004	2053	19850	10.3
2005	2270	19384	11.7

资料来源：
杨江帆，《福建茉莉花茶》，厦门：厦门大学出版社，2008年。

福建本就是传统茶区，产茶历史悠久，茶叶品种丰富，而福州人也惯于喝茶。福建茉莉花茶产业萎靡的同时，广西、云南等西南地区则在抓紧茉莉花基地建设，广西茉莉花产量于1994年首超福建，茉莉花茶加工业也逐步向广西转移。至于福州本地茶市，也是此消彼长，既然茉莉花茶席位空虚，自然有其他茶品迅速填补。大约就在这一时期，安溪铁观音、武夷岩茶、闽台乌龙茶、云南普洱茶等，抢占了原本独属福州茉莉花茶的市场。而且这一占，就占了20多年。也许这就是我问了那么多人是否喝茉莉花茶，却始终得不到肯定答案的原因吧。

注释

[1] 1担等于50千克。

茶园村舍（陈大军摄）

07

“茶叶世纪”

在茶叶出口贸易的链条中，茶叶从产地运往消费地的顺序必须先由生产者经过代理商，或者驻产地的出口商转给消费地的进口商，再由消费地的进口商将茶叶输出。此链条中最重要的两个环节，产地的出口商和消费地的进口商，分别由广州十三行和英国东印度公司来充当……

“1607年，荷兰人将茶叶由澳门运销至巴达维亚，又于1610年运至欧洲，开创中国海上茶叶贸易之先河……”这是我博士论文的内容，虽经多年，仍记忆犹新。我将论文提交送审之后往宿舍走，突然发现学校里的花竟然都开了。当时已是4月中下旬，南京的夏天都快到了，可我仍然停留在冬天的灰色里。即便过了这么久，可每到春暖花开时，走在花团锦簇的校园里，总会猛然间觉得心脏骤停，全身发冷。这是写博士论文留给我的后遗症。所以，写茶叶外销史，我还是很有底气的。

17世纪初，荷兰人从澳门把茶叶运至欧洲，掀起欧洲社会各界的饮茶之风，此后，茶叶源源不断地运往欧洲各国，继而由欧洲移民带到美洲大陆，中国海上茶叶出口贸易逐渐发展起来。

澳门地处中国大陆东南隅，三面临海的外洋航行优势使其早在明代初期就已经成为中国对外贸易的一个港口。1557年后，葡萄牙人接连开辟了澳门—果阿—里斯本、澳门—马尼拉—墨西哥、澳门—长崎3条国际性贸易航线，以及澳门到东南亚各岛的贸易航线，使澳门从一个默默无闻的渔村小港，一跃成为当时中国最为繁荣的通商口岸之一。在明清政府实施海禁期间，澳门甚至是中国对海外贸易的唯一港口。

不仅如此，澳门还成为茶叶由海上传入欧洲的第一个出口港。据文献记载，澳门茶叶出口的最早记录是1607年，由当时被称为“17世纪海上马车夫”的荷兰人首次由澳门将茶叶运销至巴达维亚（今印度尼西亚雅加达），之后，于1610 年，他们还首次将茶叶运到了欧洲。茶叶贸易由亚洲传播至欧洲，进而发展成为一种全球性的文化和事业，澳门作为海上茶叶出口贸易首发转运港的特殊地位得以确立。

“巴达维亚”（Batavia），荷兰人起的名字。1596年，荷兰人在抵达位于印度尼西亚西爪哇的万丹（Bantam）之后，从当地市场上看到中国商人运去的各式货物，就对中国市场产生了浓厚兴趣。17世纪初，逐渐发展成为海上殖民强国的荷兰，曾几次试图直接与中国进行贸易，但都被澳门葡萄牙当局拒绝。后来，荷兰殖民者于1619年在印度尼西亚（爪哇）建立起他们的第一个殖民据点，也就是巴达维亚城。1942年日本占领巴达维亚，结束了荷兰的殖民统治，重新恢复“雅加达”的名字。

我对这里曾经有过太多幻想，所以在游客们纷纷奔赴度假胜地巴厘岛时，我带着多年的期待去探访心中的巴达维亚城［今天的哥打（Kota），位于雅加达北部］，只是这里早已辉煌不再，呈一片败落风景。只有几个老旧的荷兰东印度公司货仓被改造成了海事博物馆，静悄悄地记录着这座城市辉煌的航海史。

广东十三行与英国东印度公司

清朝建立初期，延续推行明代政策，多次施行“禁海”，强制“迁海”，将辽、鲁、浙、闽、粤沿海地区居民强制迁入内地30～50里[1]，不准中国商民进行海外贸易。但这些禁令并未涉及澳门，也没有禁止葡萄牙等外国商人在澳门的贸易，中国商人虽不能出海，但仍可通过澳门外商贩运出口。葡萄牙人趁机大力发展澳门的茶叶贸易，特别是在1678年，清政府开放了广州与澳门的陆路贸易之后，茶叶、生丝等中国土产源源不断地从广州运至澳门。作为当时中国唯一合法港口，澳门的茶叶贸易颇为繁荣。到1685年“四口通商”之后，澳门被划归广州管辖。粤海关规定，来广州贸易的商船，须先停驻澳门等待批示，并在贸易结束之后回到澳门。各国商船的驻留使萧条的澳门开始恢复生机，也使澳门在作为茶叶贸易口岸的同时，逐渐转化成为至广州贸易的各国商船的暂泊港。此时，广州的茶叶贸易也由于十三行的垄断和英国东印度公司的介入而发展起来。

在茶叶出口贸易的链条中，茶叶从产地运往消费地的顺序必须先由生产者经过代理商，或者驻产地的出口商转给消费地的进口商，再由消费地的进口商将茶叶输出。此链条中最重要的两个环节，产地的出口商和消费地的进口商，分别由广州十三行和英国东印度公司来充当。

十三行是清政府指定专营对外贸易的垄断机构。其实早在明代就已经存在，其前身是“牙行”，位于“怀远驿旁”，即广州城西的珠江边上。《粤海关志》所载，“国朝设关之初，番舶入市者，仅二十余柁。至则劳以牛酒，令牙行主之，沿明之习，命曰十三行。船长曰大班，次曰二班，得居停十三行，余悉守舶，仍明代怀远驿旁建屋，居番人制也”。粤海关赋予十三行最初的职能是评定进出口货物的价格和承揽关税。后来，为了管理日益繁杂的对外贸易，十三行作为清政府与洋商之间的媒介，被赋予越来越多的职能，如负责贸易管理、安置和招待洋商、代替洋商缴纳关税、中介进出口货物交易、办理外国商船离港事宜，并传达政府命令甚至代替政府接见外国使节。另需一提的是，十三行虽名为“十三”，却并不一定是13家商行，比如1720年有16家，1736年有20家，1813年有10家。

十三行的行商主要经营茶、丝及各大宗贸易，而18、19世纪来中国的外国商船基本都以茶叶贸易为主，所以广州十三行实际上主要从事的是茶叶贸易。特别是1757年“一口通商”之后，茶叶要先运至广州交由十三行才能进行贸易，所以十三行独揽中国茶叶出口贸易大权。从1686年设立至1856年被毁，十三行行使茶叶贸易的垄断权持续近两个世纪之久。

如果说广州十三行垄断了中国茶叶出口贸易，那么在17、18世纪欧洲众多东印度公司中实力最雄厚的英国东印度公司，又在一定程度上垄断了西方国家对华茶叶贸易，特别是经由海路的茶叶进口和转销。

1599年，英国商人联合申请成立股份制对外贸易机构，并于1600年12月得到英国王室的特许，获得伊丽莎白女王颁发的特许状，正式成立“伦敦商人东印度贸易公司”。1702年，该公司开始与“英国对东印度贸易公司”协商合并，最终于1709年合并成功，成立“英商东印度贸易联合公司”，标志着东印度公司从英王室特许下的贸易公司转变为由议会核准、法律承认的国家企业。

英国东印度公司的核心机构是由负责商船贸易事宜的大班组成的管理会。最初的管理会由随船大班临时组成，每个贸易季度结束后需随原船返回英国。从1755年贸易季度开始，管理会由“临时”变成“常驻”，大班可以不必随船返回，而是留在广州订购下一个贸易季度的茶叶，并由一个常驻管理会代替其他管理会订购投资货物。1770年，永久性管理会建立。组成管理会的大班常驻广州，在当年贸易季度结束后留在中国购买因过季而跌价的“冬茶”，还将与行商签订下一个贸易季度所购新茶的合约，并向行商预先支付订银，价值为订购合同上茶叶总价值的50%～80%。也就是说，东印度公司通过预付茶叶货款给行商的方式，确保来年有足够的茶叶装船，达到公司在每个贸易季度都能够拥有充足茶叶货源的目的。英国东印度公司可以说是与中国进行茶叶贸易的欧洲众多东印度公司中的“商业之王”，创造了世界最大的茶叶专卖制度。而中国茶叶之于东印度公司，则正如格林堡所说，“是商业王冕上最贵重的宝石”。

据记载，英国皇室第一次获得茶叶是在1664年，由东印度公司董事部花费4英镑5先令从荷兰商人或者从他们自己的船员手中购得，重量仅2磅[2]2盎司[3]。1666年，董事部又花费56镑17先令购买了22磅12盎司茶叶。这两次交易所购买的少量茶叶均用以献给英皇查理二世（Charles Ⅱ）。英国东印度公司第一次直接输入英国的茶叶是在1669年从爪哇万丹购得的，共装两箱，重143磅8两；第二年又从万丹购得4罐，重79磅6两。此后，该公司每年都会购买中国茶叶运销英国市场，只是茶叶贸易仍以经他国转口的方式进行，而且售价非常高。

中英茶叶贸易

1689年，英国东印度公司第一次直接从厦门购买茶叶，这是英国首次与中国建立直接的茶叶贸易关系，同时也是英国人称茶叶（Tea）的音译是厦门土话té或tay的根源。但是，厦门的贸易市场不够大，无法满足茶叶贸易的迅速发展，因此他们把目标锁定在广州。广州虽然是个理想的口岸，但由于葡萄牙人对澳门的垄断和清政府对东印度公司的不信任，所以英国人直到17世纪的最后一年才被广州接受。

1699年，东印度公司的“麦士里菲尔德号”是第一艘驶抵广州并开启广州贸易的英国船只，该船于第二年装载160担最优等的松萝茶离开广州。至此，英国东印度公司成功登陆广州市场，与“十三行”的贸易联系正式展开。1701年伦敦公司董事部在当年贸易总结中就写道：“各种品质的茶叶在人们中间已获得声誉”；并在第二年下达开往广州有关船队的训令中规定，收购茶叶的数量应跟“上年各船带回的数量相同”。茶叶不再像从前那样只在药店或咖啡馆销售，而是开始在英国的杂货铺中出售了，而且出售茶叶的杂货店还有特定的名称“Tea Grocer”（茶叶店），用以区别不出售茶叶的杂货店。

此后，广州的茶叶出口贸易快速发展，并在市场上形成了“茶农—茶商—行商—管理会—大班—英国”的完整茶叶产销体系，为“茶叶世纪”（18世纪）华茶出口贸易的繁荣奠定了基础。

18世纪初至鸦片战争前的100多年，是广州茶叶出口贸易最为辉煌的一段时期。这一时期，茶叶取代丝织品，成为众多国家来华贸易中最主要的商品。广州先后与英国、荷兰、法国、瑞典、丹麦、美国等国家建立贸易联系，茶叶出口量及其在广州土货出口货值中所占的比重迅速攀升，在有些国家某一贸易季度所购货物的清单中，茶叶甚至是唯一商品。如英国东印度公司每年从中国购买的茶叶几乎占总货值的50%以上，在有的贸易季度甚至超过90%。

1760—1819年广州出口英国茶叶货值/比重统计表

年份	年均货值 / 两	占总值比重 /%
1760—1764	806242	91.9
1765—1769	1179854	73.7
1770—1774	963287	68.1
1775—1779	666039	55.1
1780—1784	1130059	69.2
1785—1789	3659266	82.5
1790—1794	3575409	88.8
1795—1799	3868126	90.4
1800—1804	4464500	86.9
1805—1809	5704903	89.6
1810—1814	5940541	94.1
1815—1819	5617127	93.9

资料来源：
姚贤镐，《中国近代对外贸易史资料1840—1895》，北京：中华书局，1962年。

中荷茶叶贸易

荷兰东印度公司在18世纪20年代以前，还是按清政府规定，以巴达维亚为中心，间接与中国进行茶叶贸易。但至1729年第一次获准直接到达广州贸易以后，荷兰人同样将茶叶作为他们每次在广州购买的主要货品。至18世纪中后期，荷兰东印度公司所购茶叶的数量有时甚至超过英国。

1775—1794年广州出口荷兰茶叶统计表

年份	出口量/担	年份	出口量/担
1775	36929	1785	33441
1776	36427	1786	44774
1777	35218	1787	41162
1778	34152	1788	31347
1779	35159	1789	38302
1780	37182	1790	9964
1781	—	1791	15385
1782	—	1792	22039
1783	—	1793	17130
1784	40011	1794	30726

资料来源：
[美]马士著，《东印度公司对华贸易编年史（1635—1834年）》，广州：中山大学出版社，1958年。

中美茶叶贸易

在与广州有茶叶贸易联系的国家中，美国可以说是后来居上。17

世纪中叶，荷兰人将茶叶及饮茶习俗传入其美洲殖民地新阿姆斯特丹（New Amsterdam），当时的美洲贵族已经将饮茶作为一种社交时尚。1674年，新阿姆斯特丹改归英国管辖，更名纽约（New York），北美殖民地的茶叶来源由此被英国掌控，直至美国独立后，中美直接茶叶贸易才正式展开。

1784年8月30日，侵犯英国东印度公司禁区的第一艘美国商船“中国皇后”号（Empress of China）取道好望角到达广州，并于1785年5月15日满载中国茶叶、丝绸等商品返抵纽约，获利达3万多美元。这次划时代的航行拉开了美国与广州茶叶贸易的序幕，因此被认为是“最幸运的开端”。

“中国皇后”号的成功轰动了美国社会，也提高了美国商人来华贸易的积极性，此后的每个贸易季度都有美国商船到广州进行贸易，为茶叶大规模输入美国创造了有利条件。据统计，1784—1794年间，共有47艘美国商船至中国广州进行贸易，茶叶贸易量为年均1390779磅。

此后，每个贸易季度都有美国商船到广州进行贸易。在新英格兰到北美西北部的俄勒冈，再到广州的新航线开通之后，美国与广州的茶叶贸易逐渐进入飞速发展阶段。据统计，1794—1812年，美国到中国的商船有400次；1800年，进入广州的美国商船数量首次超过英国；独立战争前夕，美国从广州购买的茶叶多达900万担。

19世纪20年代至40年代，美国社会经历着两个历史性变化，一是商业资本向工业资本转化，一是农业经济向商品化阶段迈进。在这两项历史性变化的刺激下，美国与广州的茶叶贸易迅速发展，并在第一次鸦片战争前夕创历史最高。

由茶叶贸易到鸦片战争

在全球市场对茶叶需求量飞速增长的同时，茶叶出口贸易也在清代中国经济中占据着最为重要的位置。然而长期以来，在中国和西方的相互贸易中，中国发达的手工业、农业以及庞大的国内市场，使中国可以不需要进口外国商品。这就导致英国东印度公司等欧洲商家无法用本国商品，而只能以白银换取他们所需的中国茶叶和丝绸等土产。全球白银都随着茶叶的出口而流入中国，欧洲因此爆发了严重的白银危机。随着茶叶贸易的飞速发展，手握贸易垄断权的英国东印度公司，一方面从对中国的茶叶贸易中获得巨额税收和利润，一方面也出现了严重的贸易逆差。于是他们从18世纪70年代起，开始用棉纺织品从印度换取大量鸦片，再将鸦片从印度运至中国来换取茶叶，逐渐构建起“东方三角贸易体系”，以平衡由于白银外流而引起的贸易逆差。

最初，鸦片是作为药材由葡萄牙人合法限量通过澳门进入中国的，1767年以前，每年输入中国的鸦片不超过200箱。但是，随着英国东印度公司开始以鸦片来抵销进口茶叶的巨额入超以后，输入中国的鸦片数量快速增长，至18世纪末，清政府已经不得不采取严厉的禁烟措施，来制止鸦片向中国的流入。然而鸦片却通过非法走私的方式，更加大量地进入中国。至19世纪，每年进入中国的鸦片数量几乎成倍增长。1821—1827年，年均9708箱；1828—1835年，年均18712箱；1836—1839年，即鸦片战争前夕，年均进口鸦片数量高达35445箱。

鸦片流入中国的数量大幅升高的同时，白银从中国倒流西方的数量也以同样惊人的速度增长。1826—1830年，年均3585195两；1830—1834年，年均5467977两。面对此种情况，湖广总督林则徐曾慨叹，“数十年后，中原几无可以御敌之兵，且无可以充饷之银”。

1817—1834年广州进鸦片/出口白银货值统计表

年度	进口鸦片值 / 两	白银流出量值 / 两
1817—1818	3008520	1547942
1818—1819	3416400	−996455
1819—1820	4172400	−4106492
1820—1821	6048576	−151805
1821—1822	6351840	−576124
1822—1823	5752080	−2501453
1823—1824	6224114	216662
1824—1825	5707800	−531686
1825—1826	5477904	−1519295
1826—1827	6957216	3507137
1827—1828	7506137	2102224
1828—1829	9899280	4802907
1829—1830	9124920	3928513
1830—1831	9895680	5041971
1831—1832	9468000	3444896
1832—1833	10240056	3749959
1833—1834	9272304	9635082

资料来源：
姚贤镐，《中国近代对外贸易史资料1840—1895》，北京：中华书局，1962年。

鸦片的大量输入不仅使中国白银大量倒流西方，而且还造成一系列严重的社会问题，终于导致1839年的虎门销烟运动。林则徐亲自监督鸦片收缴的全过程，于6月3日至25日，在虎门海滩挖纵横15丈余（合2500平方米）的两个烟池，灌入海水之后撒盐成卤，再将烟土投入卤中浸泡半日，然后抛入生石灰，顷刻间池如沸汤，鸦片彻底销毁。英国殖民者为了他们贩卖鸦片的利益，于次年1840年悍然出兵，发动了震惊世界的第一次鸦片战争。

当年写博士论文时，特意去虎门看这两个大烟池。想象当年满池沸汤持续20余天，场面是何等壮观与热烈，如今只剩两汪无波无澜的碧绿池水，凝固了历史，淹没了硝烟。

福州开埠与茶叶出口

由于明清政府的海禁政策，一直以来中国的茶叶贸易只能在广州进行。鸦片战争之后，依据中英《南京条约》，清政府被迫开放广州、上海、福州、厦门、宁波5处为通商口岸，实行自由贸易，福州正式成为中国对外贸易口岸之一。

开埠初期，从1844年到1853年，福州的茶叶出口贸易并无起色。直到1853年以后，美国旗昌、琼记，英国怡和、宝顺等众多洋行派买办非法深入福建茶区直接收购茶叶，福州茶市才迅速崛起。

以往，产自福建省北部与江西省相连的武夷山区的武夷茶，通过翻越广东北部梅岭的陆路运输和将茶叶装船的水路运输被运至广州；或者先将装箱后的茶叶在星村（福建北部崇安县城南约25千米的一个村镇，位于武夷山下）集中，然后由陆路或水路入鄱阳湖，沿鄱阳湖至江西省会南昌府，再经赣州府、南安府大余县，从大余县走山路到达广东省南雄州的始兴县，在始兴县重新装船运至韶州府的曲江县，最后由大船沿北江载运至广州。当时太平天国起义军已转战华南、华中地区，外商们认为茶叶可能不会像以往那样容易运至广州和上海。旗昌洋行推测，福州政府的力量可能会保障福州口岸相比其他口岸维持得更长久些，而且福州距离红茶产区武夷山较近，仅需4～8天，比起上海路线的24天、广州路线的60天，节省很多时间，所以决定大力开展这里的贸易。

美国旗昌洋行是开通福州茶路的先锋，接着英国怡和、宝顺等其他洋行也迅速跟进，纷纷将茶叶运至福州出口。福州的茶叶出口量由此迅速攀升，一跃成为国际茶叶贸易的中心之一，并于1856年超过广州，1859年超越上海。

1855—1860年广州／福州／上海茶叶出口统计表

年份	广州／磅	福州／磅	上海／磅	共计／磅
1855	（16700100）	15739700	80221000	（112660700）
1856	（30404400）	40972600	59300000	（130677000）
1857	（19638300）	31882800	40914400	（92435500）
1858	（24393800）	27953600	51317000	（103564400）
1859	（25184800）	46594400	39136000	（110915200）
1860	（27924300）	（40000000）	53463800	（121388100）

资料来源：
姚贤镐，《中国近代对外贸易史资料1840—1895》，北京：中华书局，1962年。括号内的数字是近似值。

每年茶季开市前夕，大量商业资本就进入福州，再从福州进入福建各产茶区。待茶季一到，国内茶商如下府、广东、山西三帮，国外茶商如怡和、华记、乾记、协和、天祥、太兴等，都纷纷进入福建茶区采办新茶，所有外销红茶均集中在福州分类包装，然后运往欧美。

从19世纪60年代直至80年代中期，福州港在中国茶叶出口贸易中一直占据着重要地位，每年出口茶叶量为全国出口总量的1/3。在澳大利亚、美国、加拿大，曾有一段时期完全饮用福州工夫茶。《清史稿》中也明确记载，“福州红茶多输至美洲及南洋群岛”。

在此期间，福州的茶叶出口贸易还为福建地方财政带来了巨大收益。19世纪60年代至70年代，福州茶叶出口税每年都突破100万两，约占海关每年征收出口税总额的25%，茶税成为这一时期福建地方财政收入的主要来源。

国际茶市的竞争

但是，福州并没有意识到，它的竞争对手不只是国内的其他口岸，还有来自印度、锡兰[4]、爪哇等国的终极挑战。

印度茶。早在1780年，中国茶种就已传到印度，当时英国东印度公司为了从对华茶叶贸易中获取高额利润，曾反对在印度种植茶树。1834年，印度设立茶叶委员会，诚征“适宜于茶树生长之气候、土质与地形或地势”，并派遣委员会秘书哥登（G.J.Gordon）到中国研究茶树栽培技术和茶叶加工方法，同时采办茶籽茶树以及雇用中国茶工。武夷茶籽于1835年被寄到加尔各答，因阿萨姆山中亦发现野生茶，所以当局最终决定在阿萨姆栽种茶树。虽然中国茶树输入印度也取得一定成绩，但印度土种茶树的栽培更为兴旺发达，1838年就有3箱阿萨姆小种和5箱阿萨姆白毫，共计350磅印度茶被运往英国伦敦，并于第二年以高价拍卖售出。当时即有评价说，“阿萨姆茶即使不能超过中国茶叶，也会与中国茶叶相等”。如今看来，当时的评价显然是保守了。印度茶业经过短暂的调适期之后，迅速进入繁荣发展阶段。

今斯里兰卡茶园（刘馨秋摄）

LABOOKELLIE

火车穿过漫山遍野的茶园（刘馨秋摄）

锡兰茶。以咖啡著称的锡兰，从18世纪末便开始进行茶树栽培试验，但均以失败告终。但是锡兰具备有利于茶叶种植生产的自然环境条件，所以到19世纪后半叶，茶叶种植终于发展起来。1875年，锡兰茶叶种植面积是1080亩，1895年达到305000亩，1915年增至402000亩。锡兰茶园数量则由1880年的13个，迅速增长至1883年的110个，到1885年，茶园数量竟达900个。茶产量的持续上升为不断增长的茶叶出口量提供了保障，锡兰茶占世界茶叶销量的比重也由1887年的3.09%迅速提高到1900年的24.64%。

爪哇茶。除印度和锡兰以外，印度尼西亚同样具有很好的植茶条件，历史上其茶区以东西狭长的爪哇岛为主。1728年，爪哇首次真正植茶，但因“成效未彰，旋至中辍”。从1826开始，爪哇启动新一轮的植茶、制茶试验，此次活动由荷兰贸易公司的茶叶技师雅可布逊负责和指导。从1828—1833年，雅可布逊6次考察中国，为爪哇带回大量茶籽、茶苗、茶工、茶具，以及植茶、制茶技术。1835年，荷兰政府在爪哇实施统治下所产制的茶叶首次在阿姆斯特丹的市场上出售，但因品质低下，所以价格低于印度茶。1877年，爪哇茶叶首次输入伦敦，但仍未能引起市场反响。后来，爪哇的茶树品种由中国种转为阿萨姆种，重视茶园管理，同时采用机器制茶的先进方式，这一系列举措使爪哇茶的品质和出口量在1880—1890年间得到不断提高，1885年其在英国的销量甚至高于锡兰茶。至清代末年，特别是1908—1912年间，爪哇茶平均每年的出口货值高达4450万英镑，位列世界茶叶出口的第四位。

从19世纪中叶正式登陆全球茶叶市场到19世纪80年代逼退华茶成为主角，印度茶只花了30几年的时间，锡兰茶用时更短。我当年写到这一段时满头问号：怎么可能呢？就算有英国帮忙，可这后来居上得也太快了吧！我们好歹也有2000年的制茶基础啊！直到后来，我去到斯里兰卡，亲眼看到了英国造的制茶机器，才终于解开了困惑。

在康提（Kandy）一个可供参观的茶厂里，筛选、揉捻、炒制、烘干、碎茶……整个流程都由大型机器加工，每个机器能占据一个大厂房，各个厂房（环节）用传送带连接。那是19世纪七八十年代的机器。

其实到19世纪80年代，印度、锡兰等国的机械制茶工艺已经陆续完成揉茶机、烘茶机、碎茶机、拣茶机、包装机等各项技术的革新。而我们呢？即使也曾尝试技术革新，如“汉口、福州皆自外国购入制茶机器，且由印度聘熟练教师”，但收效甚微，总体上仍然延续以种茶为副业的小业主和小农户采摘数量较少的茶树鲜叶在市场出售的做法。

以手工劳动为基础的中国工业是根本竞争不过机器工业的。

所以，从19世纪80年代中后期开始，福州茶叶出口贸易逐渐衰落，到1890年，已经从价格和质量上彻底被印度茶和锡兰茶打垮。购买福州茶只不过是因为其价格比同等品质的印度茶低25%，可以用来与印度茶相混合，淡化口味并调和茶价。

1886—1889年福州/印度/锡兰红茶出口统计表

年份	福州／磅	印度／磅	锡兰／磅
1886	98116464	54666864	5207290
1887	79273588	67204236	8409700
1888	75632033	71584113	15454946
1889	58161531	80509995	26099840

资料来源：
姚贤镐，《中国近代对外贸易史资料1840—1895》，北京：中华书局，1962年。

当然，这一衰落趋势不止福州，而是中国茶叶出口贸易的整体性衰落。

长期以来，繁忙的国际茶叶贸易主要就是中国与其他国家的茶叶贸易。中国既是唯一能够向世界提供茶叶的国家，也是世界各国茶商要购买和批发茶叶的唯一场所。其他国家不产茶，或生产的茶叶尚未形成大规模的商业买卖关系，所以国际茶叶出口贸易一直为中国所垄断。但随着英国和荷兰在南亚殖民地的茶业发展大获成功，华茶在世界市场中的主导地位开始动摇，销量也因竞争而停滞不前。由中国一国到多个国家出口茶叶，使得中国茶叶出口贸易在19世纪80年代以后，首先从数量上开始呈现螺旋式下降，而且再也没有恢复以前的规模。

1887—1913年华茶出口统计表

年份	出口量／担
1887	2327892
1888	2413456
1889	1939159
1890	1723114

续表

年份	出口量 / 担
1891	1802339
1892	1658340
1893	1874372
1894	1939189
1903	1519000
1913	1442000

资料来源：
姚贤镐，《中国近代对外贸易史资料1840—1895》，北京：中华书局，1962年。

全球性贸易秩序的构建不是只按照中国的条件，甚至亚洲的条件，而是要按照全世界的条件。正如沃勒斯坦在《现代世界体系》一书中所写的，一个地区，想要整合进一个以欧洲为中心的资本主义世界经济体系，所要通过的测试就是：该地区是否能对“世界经济不断变化的市场环境”做出反应。如果没能通过测试，也就预示着这一地区将与世界贸易的链条脱节。遗憾的是，清代中国的茶叶出口贸易没能通过这一测试，只能在竞争对手的冲击之下，黯然退出世界茶叶贸易舞台。

注释

[1] 1里等于500米。

[2] 1磅约等于0.45千克。

[3] 1盎司约等于28.35克。

[4] 锡兰，今斯里兰卡，全称斯里兰卡民主社会主义共和国。1972年5月成立斯里兰卡共和国，1978年8月改称斯里兰卡民主社会主义共和国。

泛船浦码头新貌（许坚勇摄）

Agricultural
Heritage

沈阳的春天还是有些冷，看起来也会比夏天更萧条些。陈贻琪一个人从火车站懵懵惶惶地跟随人群走了一个小时，走到了满是破烂不堪的低矮民房的长江街。“说它是街道，倒不如说它像工棚。”这样描述长江街，我想当时陈贻琪的内心一定是拔凉拔凉的……

1988年春，26岁的陈贻琪只身前往沈阳开拓市场，在皇姑区长江街租下一间临街的20平方米小民房，开起了第一家茶叶店。经过30年的拼搏和努力，陈贻琪的茶叶店已经有700多家，成为东北三省最大的福州茉莉花茶生产商和销售商。

从长江街和恒山路的交叉口往西走不到300米就是我曾就读的高中，接受半军事化管理的学生每天穿着军校服，课间操做完全国统一的广播体操之后再打一套军体拳，战斗力之强不可预估，早中晚绿油油地占满整条长江街的景象也是可以想见的壮观。所以当陈贻琪提到他的第一家店开在长江街81号时，我对绿茗顷刻充满了亲切之情。我知道那里，沈阳的第一家麦当劳就开在附近，那还是1994年，长江街北行已经算是沈阳比较繁华的商业区之一了。

回溯到1988年，陈贻琪印象中的长江街却是另外一番景象。沈阳的春天还是有些冷，看起来也会比夏天更萧条些。陈贻琪一个人从火车站懵懵惶惶地跟随人群走了一个小时，走到了满是破烂不堪的低矮民房的长江街。“说它是街道，倒不如说它像工棚。”这样描述长江街，我想当时陈贻琪的内心一定是拔凉拔凉的。不过他还是以每月1000元的租金租下了那间小民房，添置了一张桌子、几条小凳子，再加上几个茶杯，经过简单的装饰，这家整洁朴素的小店于3天后开张了。这也是第一家绿茗茶叶店。

陈贻琪是福州仓山城门镇人，陈氏祖辈几代均以种花制茶谋生。受父辈影响，陈贻琪自幼便在花田里跑，茶坊里转，很早就知道如何种花制茶。福州茉莉花茶有11道工艺、108道小工序，因其工序繁多、技术复杂，再加上是祖上传承的技术，学习起来难度很大。就算家族内部成员一般也需要10年以上，多则20年，有的甚至是一辈子都在学，学而无止境，一般都不传授外人。陈贻琪从16岁开始就在自家茶坊里跟随

陈贻琪与绿茗茶园（陈大军摄）

父亲学习制茶技艺，经过十几年的苦心钻研，基本上掌握了陈氏家族祖传窨花工艺的秘籍，年纪轻轻便成为仓山区有名的制茶技术标兵。

虽然吃苦耐劳又技术过硬，可创业之初的陈贻琪也是吃尽了苦头。当时小店上上下下只有他一个人，白天既当营业员又当送货员，晚上还要包装茶叶、打扫卫生，忙到深夜是常有的事儿，无论多晚收工，第二天早上 7 点多也要开门接客，几乎所有的时间都花在这间 20 平方米的小店里。即便这样，茶店的生意还是不见起色，前两个月营业额只有三四百元，连每月的电话费、租金和茶工费都不够付，生意几乎做不下

绿茗生态茶园景观一（陈大军摄）

去。陈贻琪自己也曾动摇过，他坦言“当时生活艰苦，生意难做，付出的心血太多了，好几次想放弃，但想想出来一趟也不容易，还是忍一忍，坚持了下来”。

接下来，陈贻琪转换经营思路，他通过市场调查得知，沈阳是全国老工业基地，人口众多，且北方人又都喜欢喝福州茉莉花茶。随着国家对市场经济的进一步放宽，不少人在靠近工厂和居民区办起许多小卖店。于是他与这些小卖店店主协商，让他们代售绿茗茉莉花茶，利润五五分成。这些小卖店店主自然十分乐意代售，合作顺利展开。同时，陈贻琪还打出了“送货到店，服务到人”的旗号，只要买主一个电话，立即变身外卖小哥，无论白天黑夜还是严寒酷暑，市区 1 小时送货到店，郊区 2 小时必须到达。陈贻琪就是用这样优质的服务标准，赢得了代售店主的信任。越来越多的代理商愿意合作，陈贻琪的代理商很快就发展到三四十家。代理商多了，消费者也慢慢多了起来，茶叶店生意大有起色，营业额从原来的几百元在几年间内就增加到几千元、上万元，最高达到二三十万元。

在陈贻琪的坚持下，绿茗茶叶店一家接着一家开张。1990 年春天，第二家在沈阳市和平区中心街开业；1990 年 6 月，第三家在沈阳市铁西区开业；到 1992 年年底，陈贻琪在沈阳市辖区开设茶叶店 30 多家。随后，他将业务向黑龙江、吉林拓展，到 1995 年，绿茗公司共在东北三省开设茶叶店 150 多

绿茗生态茶园景观二（陈大军摄）

家，发展经销商、代理商 300 多家。1996 年，陈贻琪的绿茗茉莉花茶先后打入辽宁中兴、联营、大商等大商超，为快速抢占东北市场赢得了商机。如今，在东北三省发展专业店、代理商、商超等 700 多家，年销售量近 20 万千克，营业额达到 5000 万元以上。

如今，陈贻琪每次出差沈阳，总要到皇姑区长江街 81 号走一走，看一看。看着那里高楼林立、车水马龙的繁荣景象，陈贻琪还是会回想起当年一片不太起眼的低矮小民房，回想起他闯关东开办起来的第一家茶叶店。

绿茗的茶叶生产基地有 3000 多亩，位于海拔 1000 米以上的高山上。这里山峦起伏，树木葱郁，雨雾缭绕，泉水潺潺，土壤肥沃，空气新鲜，有“天然氧吧”之称。一个个山丘上遍布着一行行苍翠欲滴的茶树，清香扑鼻。高大的樟树、桂花树点缀其间。一阵雨水过后，山峦、树木、茶园在云雾笼罩中若隐若现，宛如仙境。由于山高土肥，又属高纬度产茶区，太阳迟来早去，为茶树芽叶生长期赢得了宝贵的“慢生活”。再加上茶园管理到位，绿色防控措施有力，一年中茶树很少发生病虫害。这样的生态茶区产出的生态茶叶，外形银绿隐翠，条索紧细卷曲，尤其具有耐泡的特点，是制作茉莉花茶的上好原料。

每年 3 月是春茶采摘时间，茶园里人头攒动，茶农们背着竹篓，小心翼翼地采摘着新抽的茶树嫩

采茶演示一（陈大军摄）

采茶演示二（陈大军摄）

芽。基地的采茶师傅深谙采茶技巧，尤其擅长采摘明前茶。他们会选择外形饱满、颜色嫩绿的独芽采摘，用大拇指和食指捏着芽叶向上轻轻摘下，这样采摘的茶芽不会受损变色。采茶绝对算是技术活，不仅要手法好，保证采摘质量，而且要眼疾手快，手里采着茶芽的同时，眼睛早已锁定下一个甚至下几个采摘目标，不用多久就能采满一大篓。以前读书的时候去茶厂实习，很认真地练习采茶，可是始终无法协调双眼双手，只能看好一芽，采摘一芽，如此往复。以至在茶园里采了两个小时还围着身边的几棵茶树，而专业的采茶师傅早已越采越远了。

茶园负责人姚恭明告诉我们，“毛茶明前宝”，由于明前节气期间气温普遍较低，茶树生长速度缓慢，受虫害侵扰少，茶树长出的茶芽细嫩，色翠香幽，味醇形美，氨基酸含量相对高，而有苦涩味的茶多酚含量相对低。这时茶叶口感香而味醇，是茶中极品。大家通常会抓紧时间多采一些，用来精制成茶坯，再储藏到 7 月份与伏天茉莉花一同窨制。

为了提高茶坯品质，绿茗全部采用造价更高的不锈钢设备，而且引进了一条茶叶全自动智能先进生产线。虽然成本更高，但是制成的茶坯干净卫生，品质有保障，市场认可度很高。陈贻琪始终认为，这笔钱花得值。

不仅为消费者着想，陈贻琪也一直在为农民增收致富默默贡献力量。每年采茶期，绿茗都会组织基地附近几个村庄富余劳动力采茶。茶山基地能提供250多个工作岗位，工人的月均工资可以拿到3000多元。采收期的茉莉花基地也可以给每个采花工提供6个月1.6万元的收入。

下山的路上陈贻琪跟大家分享他的理念。随着社会科技水平的提高和市场竞争的日趋激烈，茶产品的物质性差异化已愈来愈小。在这种市场新常态下，销售市场和消费者所看重的不仅仅是商品的使用价值，还包括商品的文化价值。商品的竞争也是一种文化的竞争，文化的高品位和文化含量较高的成分，往往成为市场制胜的法宝。因此，在新常态经济下，更应该重视企业文化建设，将自己的企业文化建立在优良的传统文化基础上，依靠有组织的创新，培育独具特色的核心文化理念。

在从事茶业的30多年中，陈贻琪始终坚持传承福州茉莉花茶窨制的传统工艺。他认为窨花拼和是整个茉莉花茶窨制过程中的关键技术，在这一过程中，必须要掌握好配花量、花开放度、温度、水分、厚度、时间6个影响因素，才能制成一泡具有“冰糖甜”特色的好茶。

晚上10点，绿茗公司窨花车间灯火通明，陈贻琪带领几个徒弟正在布置窨堆。他们先把茶坯平摊在干净的窨花木板上，厚度为10～15厘米，然后再根据茶坯的配花用量，把新鲜的茉莉花均匀地撒铺在茶坯上，这样茶坯一层，茉莉花一层，相铺间最高不能超过5层。窨堆顶层上面的茉莉花需要用薄薄的茶坯盖上一层，叫“盖面”，目的是不让顶层茉莉花外露，用茶坯盖好可以减少花香流失。随着窨堆的温度升高至38～42摄氏度时，茉莉花开始吐香，茶叶吸香。这一阶段需要严格控制温度，如果堆温太高，就要及时通花降温，否则会出现“烂花”。

上好的福州茉莉花茶根据其年份、茶坯质地、气候不同，要经过6～9窨次方能出厂。每一个窨次经过2～3天，如遇雨天则要顺延。每一个窨次需要同时考察温度、湿度、时间、茶坯、鲜花等工艺要素，每当窨次增加一次，风险和难度都成倍增加，只有经验才能保证窨花成功，而经验只有在悠长的岁月里方能百炼成钢。传统手工窨花是目前福州茉莉花茶工艺中最难以捕捉到的技术，它是完全凭借窨花师傅的鼻子、眼睛、嘴巴、手等感知来判断的，稍有不慎，便会功亏一篑。

“手工做茶很辛苦，七八月的高温天气，车间不能开空调，怕影响茶味。人又要在炭炉边操作工艺，往往是汗流浃背，对于人的体力消耗很大，没有吃过苦的年轻人就很难坚持下来。而福州茉莉花茶传统手工制作技术是福州传统工艺中重要组成部分，也是福州祖先流传下来的千年宝贵遗产。制作出来的福州茉莉花茶的独特的优良品质，正是来自这种祖传手工制作技艺的秘籍。而这种技艺关键靠人来掌握，只有通过人的精气神，才有可能窨制出那种特别的花香茶香的杯中珍物。”陈贻琪理解年轻人的选择，但也决不放弃自己内心的坚持。对于他们这一代茶人来说，能让这具有千年传统的技艺代代相传，就是最大的安慰。也许正是这份执着追求，让陈贻琪一路坚持走来，并练就了一套福州茉莉花茶独家技艺。2014 年 10 月，陈贻琪当选福州茉莉花茶非物质文化传承人。2016 年 10 月，他又被评定为福州茉莉花茶传统窨制工艺传承大师。

陈贻琪不仅几十年如一日地担负着传承传统工艺的重任，而且始终不忘坚持工艺创新。近十几年来，每年都投入几十万元经费用于科技研发，每年都能开发出 20 多项新技术和新产品。最令他高兴的是自己独立创造的“福州茉莉花‘雨花’提香新技术”项目，通过几年时间在企业中推广应用，效果很好，深受业界专家的高度赞扬。

陈贻琪告诉我们，每年的七八月份，正是福州茉莉花采摘期，但这两个月同时也是福州台风暴雨多发季节。所以每到这个时候，都有不少含苞欲放的茉莉花被风雨袭击过后成为“雨花”。“雨花”水分多，窨花后会闷香，影响茶叶的品质，厂家一般都不敢使用。所以，眼睁睁看

绿茗生态茶园景观三（陈大军摄）

着“雨花”白白烂在田里，花农们痛心不已。一直以来，虽然有不少厂家都在攻克“雨花”提香新技术。但因其工艺复杂，技术含量高，都无功而返。虽然他知道这也许是一项短期内无法完成的任务，但仍然下定决心要闯一闯这个技术难关。为此，一方面，他前往北京、上海等地高等院校和科研所查阅资料，遍访专家，请教问题，增长茶业知识；另一方面，他专门自费前往浙江杭州茶厂跟班学习，拜师磋艺3个月，扬长补短。几年间，他带领公司攻关小组先后对“雨花”提香新技术开展了上百次的科研试验，寻找“雨花”破水提香技术环节。

“雨花”要提香，必须先破水，破水的技术环节应该先放在养花工艺上，然后再烘干保香。陈贻琪借鉴养花技术做得比较好的杭州茶厂的经验，采取先养花（伺花、摊花）后筛花（去花蕾、去花枝和去水）的工艺做法。并且还要在养花工艺中的伺花、摊花后再增加一道“倒花散水”的新工序，促进“雨花”多去水分。具体做法是，先把摊花后的“雨花”用竹篓装满，再用两手把竹篓举到头高，然后把“雨花”慢慢倾倒下来，使“雨花”再次蒸发水分。一般的“露水花”二三次，“雨水花”五六次，即可破水干净，促进“雨花”早放香。

对窨香后的“雨花”茶坯烘焙技术也十分讲究。陈贻琪告诉我们，窨香后的“雨花”茶坯烘焙温度应该控制在80摄氏度左右，主要采取低温慢焙技术，让茶坯多吸香。使成品茶带火香，更耐泡，鲜灵度更高。如果烘焙温度超过80摄氏度，“雨花”的香气会随高温而慢慢流失，成品后的茶叶会有“闷香”味道。

作为福州茉莉花茶行业的领军人物，陈贻琪始终不忘坚持自己的初心，仍然继续学好艺、制好茶、开好店，让更多村民致富，让更多人喝上福州茉莉花茶，也让更多人领略福州茉莉花茶文化的独特魅力。

在群山环抱、林木葱茏的旗山国家旅游度假区，有一处集茶文化品牌传统工艺展示、品茗休闲、茶生态观光、茶工业旅游为一体的茶文化主题观光园，是绿茗投资建设的福州茉莉花茶传统工艺体验馆。体验馆有 3 层，第一层是茉莉花茶现代化制作加工车间，第二层是传统工艺展示厅，第三层是茶文化商务会所。观光园区内还配套建设 100 亩标准茉莉花园和 500 亩有机茶叶基地。陈贻琪认为，福州茉莉花茶本身属于农业产业，为农业生产中所产生的花香与茶香赋予生态与文化内涵，将农产品变成人与大自然的亲密接触，可以实现人与农产品、社会与自然和谐相处、共同发展的平衡。体验馆就是在这样的背景下产生的。

借用旅游区的旺盛人气，可以提升福州茉莉花茶的知名度。游客们来到这里，可以亲身体验采集茉莉花、摘撷茶叶、品茗花茶，随心所欲，游走在“花海”“茶海”之中，享受更多的满足感。在加工区，游客们还可以参观福州茉莉花茶传统制作技艺，亲眼看见一朵花、一片茶叶如何通过师傅们的精湛工艺，窨制成为自己手中的一杯清香四溢的茉莉花茶，真正感受到福州茉莉花茶传统工艺的文化魅力。

Agricultural
Heritage

09 窨制工艺

由于三伏天气光热强、气温高、日照长，茉莉花开得又大又白又饱满，鲜花品质最好，是适合制作上等茉莉花茶的原料花。俗话说，“毛茶明前宝，茉莉三伏好”。最热的天气开出最香的茉莉花，才能制作出一年当中最好的福州茉莉花茶……

茉莉花茶是以茶树鲜叶为原料，经杀青、揉捻、干燥等工艺制成绿毛茶，再经整形、归类、拼配成茶坯，与含苞欲放的茉莉花蕾按一定比例均匀混合，利用茶叶的吸香机理和茉莉花的吐香机理窨制而成。这就决定了茉莉花茶的加工工艺包含了两个部分：制坯工艺和窨制工艺。

1. 制坯工艺

制坯工艺可以分为毛茶和精茶两部分。毛茶是指鲜叶经过初制加工后的产品，产品组成相对而言较为粗糙，对毛茶进行进一步的加工技术处理，使之达到一定的规格要求，就成了精茶。生产上用于窨制茉莉花茶的茶坯主要是烘青绿茶。当然炒青绿茶也可以作为素坯原料，但是综合评价不如烘青绿茶。

烘青毛茶的初制工序包括：鲜叶→杀青→揉捻→干燥→毛茶。

（1）鲜叶原料的采摘标准要求一芽二、三叶及幼嫩的对夹叶，采摘后进行适当摊晾，以散失部分水分。

福州茉莉花茶原料茶主要来自闽东和闽北两大茶区。闽东茶区主要茶树品种包括福云6号、福云7号和福安大白茶、福鼎大白茶、福鼎大毫茶等。福云6号、福云7号叶色黄绿油光，叶肉较厚，叶质软，发芽较早，制成茶坯外形色泽较好；福安大白茶、福鼎大白茶、福鼎大毫茶叶肉肥嫩，茸毛较多，发芽早，制成茶坯毫显，条索较肥厚。闽北茶区主要茶树品种为政和大白茶，制成茶坯芽壮毫多、条索粗壮、色泽暗绿、汤色碧绿、香高味浓；也有部分福鼎大白茶、福鼎大毫茶、福云6号、福安大白茶、水仙、毛蟹、梅占等，制成茶坯条索纤细紧结、色泽翠绿、汤色澄清碧绿、滋味清爽，具有明显的高山茶香气特征。

（2）鲜叶内的多酚类化合物会不断发生酶促氧化反应，如果不及时制止，鲜叶就会很快变色。制止的方法就是利用高温破坏酶的活性，

传统手工窨花一（腾讯大闽网吴杰提供）

阻断多酚类化合物的酶促氧化反应，以保证绿茶“清汤绿叶”的品质特征。这一过程，就是杀青。杀青还能蒸发鲜叶内的部分水分，降低细胞膨压，利于接下来的揉捻成形，同时还能挥发低沸点的青臭气成分，从而增进茶香。当手握杀青叶时，成团不易弹散，略有黏手感，而且折梗不断时，表示杀青适度。

（3）揉捻是形成绿茶外形形态的主要工序，杀青也通过揉捻搓揉成条形，在此过程中，叶组织细胞被破坏，揉出的茶汁凝于叶表面，有

传统手工窨花二（腾讯大闽网供图吴杰提供）

利于内含物的混合接触和一定程度的转化，便于冲泡饮用。

（4）适度揉捻后，还需通过干燥继续破坏叶内残余酶的活性，进一步散发青臭气，增进茶香，团结茶条，蒸发叶内多余水分，使毛茶含水量控制在6%以下。

烘青毛茶的精制工序包括：毛茶→筛分→切断→风选→拣剔→干燥→匀堆→装箱。

毛茶筛分前需根据含水量高低决定是否复火，就是再次干燥。如果毛茶含水量低于8%，可以不经复火直接筛分，称为“生做生取”；如果含水量超过9%，须先经复火再行筛分，称为“熟做熟取”；如果含水量在8%～9%之间，则须经过复杂的分路加工，称为“生做熟取”。其中，“熟做熟取”，即先复火再筛分，是目前生产上最为常见的加工形式。筛分后的茶根据拼配要求分别干燥，再经匀堆、过磅装箱，完成精制。

茶坯处理工序包括：复火→冷却。

传统的观点认为，茶坯的吸香效果在于茶坯的干燥程度，因而传统的茉莉花茶加工工艺严格控制茶坯含水量，规定茶坯复火后含水量为4%～4.5%。而试验结果则表明，茶坯含水量在10%～15%之间，窨制效果较好。一般情况下，茶坯含水量控制在8%～10%之间较为适宜，若含水量超过此标准，就需要进行复火干燥处理。

手工窨制花茶讲解（许坚勇摄）

复火干燥后的茶坯温度高达80～85摄氏度，而茉莉花开放吐香的最佳温度为35～37摄氏度。因此，茶坯复火干燥后，须进行散热冷却，以免茶坯温度过高导致茉莉花被“热死”。一般复火烘干后，茶坯需放置冷却3～4天才能付窨。

2. 窨制工艺

福州的茉莉花期从5月中旬开始，一直持续到10月底结束，历时约160天。在这5个半月的花期内，有3～4次花信，5—6月的花称为春花，7—8月为伏花，9—10月称秋花。全年以7—8月的伏花产量最高，约占全年鲜花总产量的60%以上。由于三伏天气光热强、气温高、日照长，茉莉花开得又大又白又饱满，鲜花品质最好，是适合制作上等茉莉花茶的原料花。俗话说，“毛茶明前宝，茉莉三伏好”，最热的天气开出最香的茉莉花，才能制作出一年当中最好的福州茉莉花茶。

采花一般从上午9点以后开始。虽然在下午2点以后，当天花的发育最为成熟，芳香油的积聚已接近饱和，鲜花产量和质量都处于最高状态，但是为了平衡大面积生产中采收与运送时间的矛盾，只能将采花时间提前。但要避免在早上有露水的天气或阴雨天采摘，以免鲜花水分过多，香气较淡，影响花茶品质。

茉莉花具有晚间开花的习性，为了能够及时窨制茶叶，应采收“当天花”，具体标准为花蕾已成熟，外观饱满、肥大，色泽花白，能在当天晚上开放，而且采摘时要带花萼、花柄，不要茎梗。除了“当天花”以外，未成熟的“青蕾”和昨天已经成熟的“白花”都不符合标准。“青蕾”在当天晚上不能开放，需要等到成熟之后才能采摘，而“白花”的香气多已挥发殆尽，不具有经济价值。

鲜花采收后，呼吸作用仍然十分旺盛，因此在装载运输的过程中要保证清洁、通气，不得堆叠，以免鲜花发热灼伤或受压损伤。

茉莉花窨制前，需要对鲜花进行摊晾、收堆等处理措施。经过装载运输的鲜花花温较高，且通气状况不佳，需要及时摊晾，以散发表面水分、青气和贮运中淤积的热量，以维护鲜花生机，同时延长鲜花的开放时间。当花温接近室温时就可以收堆了。堆是为了提高花堆温度，促进鲜花开放。当然，收堆之后花温又会变高，所以堆、摊需要反复进行，始终保持堆温在35～37摄氏度之间。摊与堆相结合，既可以保证鲜花的生机，又能达到鲜花及早、整齐开放的效果。这种反复摊晾、堆花的过程就是“伺花”。

当鲜花养护至有60%左右开放，且开放度达到50°～60°虎爪状时，就可以进行筛花，去除花蕾和劣杂物，同时进一步促进鲜花开放。当鲜花开放率达到90%以上，开放度达到85°～90°时，应及时付窨。

茉莉花窨制程序包括：原料（茶坯、茉莉鲜花、玉兰鲜花）→拌和窨制→通花匀窨→起花→复火干燥→转窨或提花→压花。

（1）原料严格来说，茉莉花茶的原料并非只有茶坯和茉莉花两种。为了提高茉莉花茶的花香浓度，通常会在窨制中加入少量玉兰花打底，玉兰花的芳香油以游离状态存在于花瓣中，花香浓烈，而且只要花瓣没有完全干缩，香气就会持续释放。玉兰花可以先与茶坯拌和窨制成玉兰花茶（玉兰母或拼母），然后再将拼母拼入茶坯中，与茉莉花一起窨制。也可以在茉莉花茶窨制过程中，掺入少量玉兰花同时窨制。玉兰花打底的茉莉花茶香气更加浓郁，但是玉兰花的花朵大，所以用量要控制在1%～1.5%。

（2）拌和窨制是将茶与鲜花按一定比例拌和在一起，在适宜的温度、通气等条件下静置，完成茶坯吸收鲜花香气的过程。不同级别窨制过程中的配花量有相应的国家标准可以借鉴。

茉莉花茶各级别配花量（单位：花千克/100千克茶）

茶坯级别	窨制工艺	一窨	二窨	三窨	四窨	提花 *	锡兰 / 磅
特级	四窨一提	36	32	26	20	7	121
一级	三窨一提	36	30	22	—	7	88
二级	二窨一提	36	26	—	—	8	70
三级	一窨一提	34	—	—	—	8	42
四级	一窨一提	22	—	—	—	8	30
五级	一窨一提	17	—	—	—	8	25
六级	一窨一提	12	—	—	—	8	20

*春花、秋末花的配花量须增加5%～10%。

国家标准通常用来判断以茶的香味浓度划分档次的级型花茶，而对于福州茉莉花茶来说，国家标准可以算是最低标准了。换句话说，国家标准的最高级在福州只能算起步等级。福州茉莉花茶通常是选用品质最优的茉莉花与特种绿茶精心窨制而成的特种茉莉花茶，窨制至少是“四窨一提”，五窨至九窨都很常见。在“茉莉花茶一条街”上的一家专营茉莉花茶的小店铺，店主一边自豪地介绍着如何从自己的茶园、花园收茶青、收茉莉花，如何在自己创办的小茶厂用自家工艺窨制茉莉花茶，一边娴熟地泡着九窨的明前银针。看见没？随随便便就是九窨，就是首届中国海峡茶王争霸赛金奖茶王。

在福州花茶市场上，两次窨花的基本销售价位在每斤150元左右，四窨价位大约是两窨价位的3倍，六窨价位是6倍，九窨价位是12倍。其实，我并不能分得清九窨的茉莉花茶与四窨、六窨有多大差别，只是心理上觉得窨制次数越多，茉莉花配得越多，花茶味道就会越好。当然，这只是心理上的感觉，与试验结论并不完全一致。

茶学小师兄的研究认为，在花茶窨制中，随着配花量的增大，茶叶吸附精油量随之增加，但在配花量100%以后，增加幅度有所减缓，鲜花利用率不高。可见，在不减少吸香率和降低品质的前提下，可以适当减少配花量，降低生产成本。

传统窨制过程中，茶叶在吸附香气的同时，也吸附了大量水分，而过高的含水量会导致茶条松散、色泽变化、滋味熟闷等问题，影响花茶品质，因此窨制之后需要进行复火干燥，而且每窨一次就需要干燥1次。而与之矛盾的是，窨后的复火干燥过程会导致香气大量挥发损失。对于九窨的高档茉莉花茶来说，窨了9次就要干燥9次，即便不考虑生产成本，也要计算一下花香的受损程度。多次窨制、复火、通花散热、起花，不仅工艺复杂，而且耗时、耗能、耗花，花茶品质的稳定性得不到保障，也会影响经济效益的提高。因此，如何平衡窨制和复火次数，如何在保证花茶香气的前提下尽量减少窨次，就成了研究者和制茶大师们不断探索的问题。

20世纪90年代，“茉莉花茶窨制新工艺”（简称“新工艺”）逐渐获得推广。新工艺就是不烘干茶坯，并将头窨或压花后的湿坯直接转入二窨，也就是连窨。连窨可以简化工序、省工节能，缩短生产周期，降低生产成本，但在连窨次数和配花量方面也有一定要求。有研究认为，三窨次以下的产品可以连窨1次；四窨次以上的产品可以连窨2次，但第一次连窨后要烘干；对于六窨次以上的高端产品，至多也只能连窨2次，不然对茶叶外形和汤色都会造成影响。对于各窨次的配花量要求，一般认为配花量以逐窨增大为佳，这样窨制的花茶香气、滋味都好。

多窨次的高档花茶还应注意以下工艺环节：下花量头窨足，逐窨降低，在窨时间逐次缩短，复火后含水量逐次提高，通花温度逐次降低等。

（3）通花匀窨。静置窨制中的茉莉鲜花在释放香气的同时，也在释放二氧化碳和水分，窨堆中的温度不断升高，湿度也在不断增加。如果不加以改善，窨堆中高温高湿的情况会导致茉莉花变黄、萎软，失去生机，甚至变红、烧死，也就是“火烧茉莉”。而且窨堆的不同位置也会有条件差异，如堆内中心与堆外周边，茶花的吸吐香效果不一致，因此需要通过通花散热来改善堆内的环境条件，使茉莉花维持生机，同时保证堆内外茶花均匀一致的窨制效果。

通花散热完成后，需要收堆继续窨制。当续窨历时5～6小时，茶堆温度升高至40摄氏度左右，花态萎缩、花色转黄、香气单薄时，即表示窨制过程已经完成。需要注意的是，如果在续窨过程中，温度上升较快，达到45摄氏度以上，则必须进行二次通花。

（4）起花。当窨制完成后，大部分花香已被茶坯吸收、花态萎缩，这时需要将茶与花渣分离开来，这一过程称为“起花”，也叫“出花”。如果起花不及时，花渣容易发酵，会影响花茶香气的鲜爽性。起花要做到适时、快速、筛净。等级越高的茉莉花茶，花的残留物越少，花茶香入骨，茶中不见花。我小时候喝到的那种掺杂茉莉花残骸的花茶，就是这一程序没有做到位。

（5）复火干燥。茶坯在窨制过程中，既吸收鲜花的香气，也吸收了水分，因此茶坯含水量会有所升高。一般窨后茶坯的含水量约在12%左右，如果不及时进行干燥处理，可能导致茶叶内含物质发生变化，甚至发霉变质。因此，起花后必须及时烘干，去除水分，以保证花茶品质。

这一烘干目的只是单纯地为了蒸发水分，因此宜采取“适当低温、快速”的烘干方法，以免造成芳香成分的挥发散逸。

（6）转窨或提花。多窨次的花茶需要重复以上工艺流程一次或多次，窨次之间的转称为“转窨”。不管经过几次窨制，最后都必须进行一次提花，以达到提高花茶鲜灵度、使花茶含水量达到成品水分标准要求的目的。

提花与窨制过程基本相同，区别主要体现在6个方面：

第一，提花的鲜花用量少，每100千克茶坯的鲜花用量只有6～8千克，而福州茉莉花茶的起步等级“四窨一提”中，一至四窨的用花量分别是36千克、32千克、26千克和10千克。

第二，鲜花质量要求高。因为提花的主要目的是提高花茶的鲜灵度，如果选用的鲜花质量连普通窨制都不如，反倒会拉低花茶品质，不如不提了。所以提花必须选择花朵大、质量优、鲜花开放率和开放度都高的花。

手工制茶演示——抖（许坚勇摄）

手工制茶演示——蹚（许坚勇摄）

手工制茶演示——拜（许坚勇摄）

手工制茶演示——窨（许坚勇摄）

手工制茶演示——提（许坚勇摄）

第三，拌和静置时的堆高要更厚一些，因为鲜花用量少，温度上升慢，会影响提花吸吐香的效果。

第四，提花窨制历时较短，一般6～8小时即可起花，而普通窨制的时长标准一般为9～12小时。

第五，提花一窨到底，期间一般不再进行通花，这就要求在技术上必须控制得当，堆温不宜超过40摄氏度。

第六，提花后不再进行烘干。花茶最后含水量要求：外销花茶含水量小于等于8%，内销花茶含水量小于等于8.5%。因此在提花之前，应根据茶坯含水量、窨制时间，代入公式，计算提花所用鲜花用量，以确保提花后花茶含水量符合规定标准。

（7）压花。窨制后筛出的花渣还可以用来窨制低级茶坯，称为压花。压花是充分利用茉莉花香的一种途径，用来榨干茉莉花的最后一丝香气。花渣的香气远不如鲜花，质不足，只好量来补，所以花渣的配花量非常大，100千克的茶需要用到50千克的花渣，有种以花压茶的味道，故名“压花”。其他环节则与普通窨制过程相同。

至此，茉莉花茶的整个工艺完成，经匀堆装箱即可出厂。

近年来，在社会各界的多方努力下，人们对福州茉莉花茶的关注度越来越高，对传统窨制工艺的兴趣也越来越大。为了让更多人了解窨制工艺，越来越多的茶叶机构、企业主动承担了宣传、弘扬中国优秀传统制茶技艺与花茶文化的重任。

在春伦的生态观光茶园，专门设有一处传统制茶工艺体验区，摆放着手工制作茉莉花茶的全套工具。近几年春伦集团致力于传承与创新传统工艺，经常在这里举办制茶工艺演示、体验、交流等活动。

春伦的茉莉花茶窨制工艺包括平、抖、蹚、拜、烘、窨、提、包等8道工序。“平、抖、蹚、拜、烘、窨、提”也被福州人称为“七板

手工制茶演示（许坚勇摄）

凳”。“平”指平面筛选；“抖”是震动抖筛；“蹚”是改形切断；“拜”是风力选别。“平、抖、蹚、拜”是为了分选出不同等级的茶坯，经验丰富的制茶师傅能将1斤茶分出15个等级。

平：用竹制的多孔茶筛操作，筛茶手势为逆时针旋转平面圆筛，可将毛茶分出大小、粗细，将待窨的养护后的茉莉花分出含苞待放茉莉花、花蕊、花裤，将茶花拼和窨制后的茶坯进行茶花分离。

抖：用竹制的多孔茶筛操作，抖筛手势右高左低左右抖筛，筛出的大小、粗细的茶叶，再分出曲直圆扁。

蹚：用布制口袋进行操作，将经过平、抖工艺分出的过长、卷曲过大的茶叶装入布袋，用脚来回斜着蹚下，目的是改变茶叶的大小和长度。

拜：用竹制的拜箕（一种圆形的簸箕）操作，拜拨手势是用双手扶拜箕上下拜拨，将平、抖、蹚工艺分出来的茶叶再分出轻重。

烘：竹制的焙笼分为上下两层，中间放入鼎，鼎中放入榉木制成的优质木炭，生火后用炭灰盖住部分火苗，使其逐渐均匀释放热量。将待烘、转烘的成品茶叶按适度的厚度均匀摊放在焙笼上层进行烘焙。

窨：茉莉花吐香，茶坯吸香过程。将茶与花拌和，一层茶、一层花，堆放方整，经静置、通花、起花、烘焙、转窨等程序制成多窨制的成品。茶与花的比例按窨次决定，用花量逐次递减。

提：经烘焙待提的成品与经养护筛选后的茉莉花按比例进行茶花拼和，静置而后起花。提花的目的是让茶叶最后再吸收一次“肤香”，以增强香气鲜灵度。

包：窨制完成后，包装成品。

这种纯手工的制茶工艺特点就是，看起来每个手法好像都没什么难度，无非就是一些机械动作而已，可自己实际操作起来却完全不是那么回事儿。手法的细微变化，力度的调节，时间的把控，甚至拌和花与茶时手掌左右穿插翻搅时的插入和翻转角度，都是经年累月才能练就的。想想看，顶级的茉莉花茶要九窨一提，81道工序，先不说其间的每一个细节都会影响到成茶品质，单是重复9次的工作量就需要多少耐心和耐力，如果其中一道工序出错导致窨制失败，又需要多少心理承受能力，传承大师并不是那么好当的。不仅如此，窨制茉莉花茶是个辛苦活，劳动强度相当大。据已经有35年做茶经验的传承大师张子建介绍，花茶窨制期间，“一晚要下2500千克的茉莉花，兑5000～6500千克的茶叶”，同时不断翻动窨制，而且还要在高温下连续通宵工作。如果不是发自内心的热爱，连坚持都非易事，更不要说成为大师了。

为了使这一传统工艺得到更多关注，自2009年开始，每年10月中下旬福州都会举办“福州茉莉花茶茶王赛”，评选福州茉莉花茶传统工艺传承大师、传承人和“茶王”。参赛企业借此平台相互交流学习，增进经验，共同提升福州茉莉花茶制作技术水平，弘扬传统工艺，同时强化品牌建设，宣传福州茉莉花茶。春伦的茉莉花茶产品曾多次获得茶王殊荣，在各大展销会上也曾多次荣获金奖、畅销产品奖等。如“茉莉针王”“茉莉针螺”“春伦贡茶”“金丝耳环”“茉莉龙条”“方山露芽”等都是“福州茉莉花茶茶王赛”中胜出的茶王；“春伦御茶”“春伦贡茶”“鼓山半岩茶”“春伦红”“春伦韵香”“伦之心”等是“中国国际茶业博览会”上评出的金奖茶王；“春伦”茉莉花茶被韩国世博会、上海世博会授予指定用茶且荣获金奖；2011年国际茶叶委员会授予春伦集团“世界最具影响力品牌”企业荣誉称号。2012年10月国际茶叶委员会授予福州茉莉花茶“世界名茶”的称号，春伦集团荣获“福州茉莉花茶金字招牌”的称号。

Agricultural
Heritage

10 茶引茉莉香

既然茶叶吸的是茉莉花的香气，那么必然会有一个茉莉花释放香气的过程与之对应。茉莉花属于气质花，就是芳香物质要随着花朵的开放才能合成并挥发。所以没开放的茉莉花花苞是闻不到香味的，只有在鲜花开放的过程中，大量脂类、醇类香气才会不断形成并逐步释放出来，而且从清香到浓郁，缓缓转变……

不管是茶艺展示，还是茶厂实习，女同学总会被提醒不要涂带香味的护手霜，不要喷香水，因为茶叶很容易吸收异味。家里存放的茶叶通常会注意跟有异味的物品隔离，避免“串味儿”。有些生活小窍门建议用茶叶去除冰箱、器皿、家具中的异味，其实这都是利用了茶叶能吸附气味的特性。既然可以吸收异味，那自然也可以让茶叶吸收人为指定的香味，当这个指定的香味是茉莉花香时，茶也就成了茉莉花茶。

茉莉花茶的窨制工艺就是以茶叶吸香理论为基础，将茶坯与茉莉花放置在一起，经过气相—固相的物理吸附和化学吸附、鲜花吐香的生理生化过程以及茶坯中一系列化学成分的非酶性变化过程，使茶坯吸收花香，形成带有茉莉香气的茶。

传统茶叶吸香理论主要有两种观点。一种观点认为，茶叶吸香过程属于物理吸附，决定于茶叶表面吸附或毛细管凝聚作用。干燥的茶叶因组织结构中的水几乎完全挥发，从而形成了大量疏松空隙，空隙比茶叶表面积大，因此具有较强的表面吸附能力，可以通过分子间引力大量吸附香气物质。当茶叶吸附的香气物质在其毛细孔中凝结时，茶叶的吸附能力会随之增强。当空隙太大，超过毛细管范围，则不利于吸附。例如低级茶坯的原料成熟度高，叶细胞组织分化程度也比较高，空隙相比高级茶坯又粗又稀，所以吸附能力比高级茶坯差。而同样是高级茶坯的炒青绿茶，经过炒制之后表面光滑，结构紧实，因此吸附能力就不如烘青绿茶。

另一种观点认为，茶叶吸香过程不仅有物理吸附，同时还存在化学吸附，也就是茶叶表面分子与香气物质发生了化学反应，通过形成新的化学键而产生吸附作用，茶叶中的棕榈酸和萜烯类化合物的含量能够影响茶叶的吸附能力。这些物质具有较强的吸附作用，而且稳定不易挥发。

在传统花茶吸附理论中，物理吸附理论占主导地位。但随着研究的不断深入，化学吸附在窨制中的作用越来越受到关注，甚至得出与传统窨制理论完全相反的结论。例如，传统窨制经验认为，茶叶含水量越低，吸湿能力越强，吸香能力也越强，因此着香前茶叶要求干燥至含水量低于8%，而作为国家“八五”重点科技推广项目的茉莉花茶湿坯连窨技术则认为茶叶的含水量在20%～30%之间的吸香能力最强，足干的茶叶几乎无吸香能力。

也有研究认为，茶叶以何种方式吸附，与茶坯的含水量相关：当茶叶含水量在8%以下时，随着含水量的提高，香气吸附量并未相应增加，表明此时茶叶以物理吸附为主；当茶坯含水量在8%～25%之间时，茶叶的香气吸附量随着含水量的增加而显著增大，而茶叶含水量在达到18%～20%时已经不具备物理吸附能力，说明高含水量的茶坯不仅具有物理吸附作用，而且也有很大的化学吸附作用。

至于茶坯到底以何种原理吸附香气，至今仍在研究中，但可以确定的是，在茶坯的吸香过程中，物理吸附与化学吸附都发挥了自己的作用。

既然茶叶吸的是茉莉花的香气，那么必然会有一个茉莉花释放香气的过程与之对应。茉莉花属于气质花，就是芳香物质要随着花朵的开放才能合成并挥发。所以没开放的茉莉花花苞是闻不到香味的，只有在鲜花开放的过程中，大量脂类、醇类香气才会不断形成并逐步释放出来，而且从清香到浓郁，缓缓转变。蜡梅、梅花、兰花都属于气质花。香气的形成和释放过程，也就茉莉鲜花的芳香物质发生酶促转化的过程。与气质花相对的是体质花，这种花的芳香物质是以游离状态存在的，不管花开还是不开，都有香气。白兰花、珠兰花、代代花、玫瑰花、柚子花、桂花、栀子花等都属于体质花。

目前研究人员已经从茉莉花中鉴定出了100多种香气成分，包括芳

茉莉花茶园（许坚勇摄）

樟醇、乙酸苄脂、α-法呢烯、苯甲酸甲酯、苯甲醇、乙酸苯甲酯、苯甲酸顺-3-己烯酯、乙酸顺-3-己烯酯、邻氨基苯甲酸甲酯、吲哚、萜品醇等。这些香气成分在植物体内通过与单糖或双糖键合，形成糖苷形式存在。在鲜花开放过程中，糖苷被生物酶水解，从而释放出挥发性成分，即释放出游离态香气物质。其中，芳樟醇、乙酸苯甲酯、苯甲酸顺-3-己烯酯、吲哚、邻氨基苯甲酸甲酯等成分与茉莉花茶等级呈正相关。

不同香气物质在感官上有不同表现，香气会随着碳链的增长发生由果实型→清香型→脂肪型的变化。芳香族醇的香气特征类似果实香和花香，芳香族醛具有食品香气或果实香，酯类通常具有强烈的花香。茉莉花香气的重要成分芳樟醇具有百合花和玉兰花香气，乙酸苄脂有茉莉花香气并带有果香香调，苯甲醇有微弱的苹果香气，乙酸苯甲酯有蜜香香气并伴有藿香香韵，苯甲酸甲酯有水杨酸甲酯和尤南迦油香气，乙酸顺-3-己烯酯有香蕉型清香和花香型香气，邻氨基苯甲酸甲酯有果香和花香。

茉莉花在开放过程中，首先释放的特征香气是乙酸苯甲酯、苯甲酸甲酯，随后释放的酯类香气组分有苯甲酸顺-3-己烯酯、乙酸顺-3-己烯酯、邻氨基苯甲酸甲酯等。香气释放中期，酯类、醇类香气成分急剧增加，其中酯类香气组分所占比例较大，至释放后期，酯类香气含量明显下降，醇类香气含量则略有增加。

茉莉花香气在感官上是各种物质综合作用的结果。如果嗅觉灵敏，可以尝试等一朵茉莉花开，也许会闻到不断变化的香气，大概有种香水前调、中调、后调的感觉吧。

茉莉开花有自己的时间喜好，就是不管一天中何时采摘的茉莉花蕾，都会聚在夜晚开放。这也就决定了茉莉花茶的窨制通常都在夜晚进行。

温度是影响茉莉花开放和释香的主要因素，因为温度可以影响花的呼吸速率、酶的反应、花蕾生长速度等。温度过低会造成花蕾不开或者开放度小、香气淡薄。一般认为茉莉花开放的最适温度为33～35摄氏度。低于20摄氏度，花蕾不开放吐香；高于36摄氏度，开放时间提前；高于38摄氏度，开放吐香效果较差；高于50摄氏度，鲜花就会出现被“烧死”的情况。因此，想要窨制高品质的茉莉花茶，控温是关键。当然，也可以通过适当低温，延缓花的开放，从而达到储藏鲜花的目的。

除了温度以外，相对湿度对鲜花的开放也有很大影响。目前认为茉莉花开放的最适空气相对湿度是80%。如果相对湿度偏高，会影响芳香物质的挥发；如果空气相对湿度低于70%，则易导致鲜花失水枯萎，也会影响吐香效果。所以如果用含水量极低的茶坯进行窨制，茶叶吸水速率大，会迅速吸走鲜花中的水分，导致鲜花很快萎蔫、变黄，甚至失

茶园小径（许坚勇摄）

茶园一隅（许坚勇摄）

去生机，无法长时间有效释香。

茶叶的吸香和鲜花的释香是一个动态过程，会随着窨制时间的变化而不断变化。有研究认为，鲜花与茶坯之间存在香气物质的浓度梯度，在窨制短时间内，茶叶尚未吸附足量的香气物质，鲜花失水较少，生机较好，能够释放大量香气物质，而茶叶在此时的吸香量也较大；当窨制达到一定时间，鲜花生机变差，香气释放速率减慢，而此时茶叶已经吸附一定量的香气物质，因此吸附速率也会减慢，但总吸附量仍然在不断增加；当窨制时间长至12小时左右，茶叶表面香气物质的解吸速率与其吸香速率达到动态平衡，茶叶吸附的精油量就不会再随着窨制时间的延长而增大了。

配花量的多少也会影响香气浓度，从而影响茶叶吸香量。配花量越大，鲜花释放的香气物质越多，鲜花和茶叶表面的香气浓度梯度也就越大，茶叶吸附香气物质的量也就越大，但在高配花量时，这种差异并不显著。有试验结果表明，配花量为150%的花茶，其精油含量比配花量50%的花茶高71%，但只比配花量100%的花茶高了18%。也有研究认为，配花量为63%和配花量为56.7%的花茶品质是一致的。也就是说，虽然茶叶的吸香量会随着配花量的增加而增大，但是如果配花量过大，茶叶的吸香量增加速率则会越来越慢，导致鲜花的利用率不高。

关于茶叶吸香机理和鲜花吐香机理的研究仍在继续，不同研究者也会不断得出更加细致深入的试验数据。一切努力都是为了我们能喝到品质更好的茉莉花茶。

Agricultural
Heritage

11 古代文人的茉莉情结

王恭作为漂在异乡的福建人，对于家乡有着深深的眷念，这在他的诗文中体现得尤为深刻。在《拟唐窦遗夏夜宿表兄宅话旧》一诗中有“茉莉花香暑露清，芰荷高馆月微明。伤心欲话他年旧，握手空惊此日情。青镜流年头共白，绿樽深夜酒同倾。预愁别路枫洲外，千树蝉声送客行”。开篇就以茉莉花香引出了对故乡的思念，同时也表达了人入中年的无限惆怅，以及对家乡的深深眷念……

中国传统文人被称为士大夫阶层，这一阶层是指实现“学而优则仕”的抱负而跻身于社会上层的知识分子群体，是具有一定社会地位或名望的社会族群，故而有“坐而论道，谓之王公；作而行之，谓之士大夫”的记载，所以其社会群体具有物质上的享乐倾向与精神层面的文雅色彩。

茉莉，作为中国传统花卉，其花语具有十分美好的寓意，与文人之间总有着千丝万缕的联系，文人多以诗文进行表达，将情感隐寓茉莉之中，清新、高雅，不失士大夫之风范。

那么，古代士大夫是如何称颂茉莉或是表达与茉莉的关系呢？

《茉莉花二首》之一　宋·李纲

冷艳幽芳雪不如，佳名初见贝多书。

南人浑作寻常看，曾侍君王白玉除。

《茉莉花二首》之二　宋·李纲

风露扶疏蔓翠藤，玉花剪刻见层层。

清香夜久偏闻处，寂寞书生对一灯。

李纲，字伯纪，号梁溪，是北宋著名的抗金将领。李纲的老家就在福建武夷山南麓的邵武，对茉莉花自然不会陌生。诗中描述茉莉枝叶繁茂，花瓣层层犹如华丽的花纹装饰，清香伴随着夜晚的读书人，既赞美了茉莉清新、高雅的品性，也表达了宋时文人士大夫以茉莉自喻，以表达清高、孤傲的情怀。

《邓成彦供茉莉以诗答之》　宋·李纲

芳花遗我比琼瑰，惭愧幽人自拥培。

名字曾于佛书见，色香今入寓轩来。
旋妆雕槛修清供，更促繁英使早开。
须信庄严资众力，道场化作雨华台。

诗文开头的“芳花”即指茉莉，作者将其比喻成珠玉，引喻珍贵的赠物，同时指出茉莉在佛书中早见记载，是清雅供品，可见茉莉在李纲心中的神圣地位。

在另一诗篇《陈兴宗供茉莉》中，作者再次表达了茉莉的神圣清雅。

幽人萧散省诸缘，也解栽花满槛前。
羞把天姿争媚景，故将清格占炎天。
毗耶遣化来香积，隐圃移根入寓轩。
多谢庄严修妙供，愿熏芬馥散无边。

茉莉不仅与佛教相关，是供佛的清雅之物，也是祭祀妈祖的主要供奉花卉。元代马祖常《送许诚夫大监祠海上诸神》诗载：

上圣崇明祀，元臣属有文。内香开宝炷，制币出玄纁。
授节临前殿，传胪听后军。酒清黄木庙，鱼祭武夷君。
飓母应回雨，天妃却下云。不劳风有隧，犹愿楚无氛。
漕粟琅琊见，还珠合浦闻。穹苍天块漭，溟渤气絪缊。
龙户编鱼赋，鲛人织雾纹。畤祠光炯炯，宣室语欣欣。
鹏运连番舶，轺归愿冀群。观书曾拜洛，歌赋不横汾。
越水琉璃静，闽花茉莉熏。伏波封莫请，宵旰念华勋。

老街风光（许坚勇摄）

"天妃"即妈祖，而其中明确指出了要用福建的茉莉香熏来进行祭祀，这显然也符合茉莉本身高洁的品性。

元代宋褧《送张实夫觐省回漳州》诗云：

赤岭坡前春日迟，杨柳桥下暮潮低。
闽中游子歌相别，天上故人书漫题。
茉莉吹香来竹户，麏麚作队过松畦。
良田美树还家乐，昨日青林杜宇啼。

宋褧（1294—1346年）是北方人，这首诗是他送朋友张实夫回漳州探视双亲时所作。诗中提到茉莉的香气吹到了竹子编的门户上，既描绘了福建很多人家的门是用竹子编的，同时也反映了在张实夫的老家漳州，茉莉已是随处可见的寻常花卉。

元末明初杨维桢有《送贡尚书入闽》一诗，其中提到了香熏茉莉：

绣衣经略南来后，漕运尚书又入闽。
万里铜盐开越峤，千艘升斗贸蕃人。
香熏茉莉春酲重，叶卷槟榔晓馔频。
海道东归闲未得，法冠重戴发如银。

"春酲"，指春日醉酒后的困倦，说明元代福建地区香熏茉莉已经十分普遍，甚至引得人们具有酒醉的状态。杨维桢（1296—1370年），著名诗人、文学家、书画家和戏曲家，与陆居仁、钱惟善合称为"元末三高士"。他的诗极为历代文人所推崇，称其为"一代诗宗"，当代学者杨镰更称其为"元末江南诗坛泰斗"。他在诗文中提到香熏茉莉，既表达了福建茉莉在文人中所获的推崇，同时也体现了文人自由而节制的审美情趣。

推崇诗坛盟主杨维桢的元代后期诗人张昱在《送戴检校入闽》一诗中写道：

叨忝明时已自分，往还惟是旧斯文。
西窗夜雨同听处，左掖官曹独有君。
茉莉御香腾玉气，荔芰颜色染罗纹。
风流东阁应多咏，肯与幽兰寄暮云。

“玉气”在中国古代被看作祥瑞之气，诗文中讲到“茉莉御香”指的亦是茉莉窨香，其香气飘香让人心旷神怡，故而被看作祥瑞之气。此诗是作者在朋友将要去福建赴任之时创作的，平添了诸多祝福的含意。

隐士，作为士大夫阶层中的特殊人物，虽然口称不闻俗间事务，然而事实上却是对世俗诸多事宜都有很深的参与，明代的王恭就是典型的例子。王恭（1343—？年），字安仲，长乐沙堤人。自幼家境贫寒，中年隐居七岩山（在今山西省），自号“皆山樵者”。他善诗文，为闽中十才子之一。明永乐二年（1404年），以儒士荐为翰林待诏，敕修《永乐大典》，永乐五年（1407年）授翰林典籍。王恭作为漂在异乡的福建人，对于家乡有着深深的眷念，这在他的诗文中体现得尤为深刻。在其所著

福州街景一（许坚勇摄）

《草泽狂歌》中，有大量借送友人而抒发对福建家乡思念之情的文字。如《送人游武夷》一诗："闽州山水独清晖，九曲仙源世所稀。剑浦夜天烟外小，幔亭溪树鸟边微。胡僧共饭骊珠钵，羽士相逢薜荔衣。玉女峰南孤磬里，知君今去欲忘归。"描写了武夷山的旖旎风光。在《拟唐窦遗夏夜宿表兄宅话旧》一诗中有"茉莉花香暑露清，芰荷高馆月微明。伤心欲话他年旧，握手空惊此日情。青镜流年头共白，绿樽深夜酒同倾。预愁别路枫洲外，千树蝉声送客行"。开篇就以茉莉花香引出了对故乡的思念，同时也表达了人入中年的无限惆怅，以及对家乡的深深眷念。

明代王璲在《送倪尧明知沙县》中表达了另外一种对于茉莉花的感受。诗载：

沙县知何处，闽中去路赊。
一官仍出宰，千里复辞家。
瘴雨槟榔叶，晴风茉莉花。
愿君防薏苡，白璧自无瑕。

这首诗是作者在朋友远赴福建任沙县知县时写下的，虽然清晰描述了福建的"晴风茉莉花"，却也表达了对于朋友远赴瘴气之地的深深忧虑，同时又以"薏苡之谤"为典故，表达了自己朋友是在遭受到不公平待遇或是诬陷的情况下才去沙县，并激励朋友清者自清、浊者自浊。显然，在此茉莉花成为福建的代名词，同时亦是对于朋友一种贬黜他乡的担忧与不舍。

茉莉本身具有高洁的品性，是追求修身齐家的士大夫所重视的花卉，他们以茉莉自喻，来崇尚生活的简约，并以此作为清正门风、高尚道德的

福州街景二（许坚勇摄）

修养标准，奉行孔子所说的“奢则不孙，简则固；与其不孙也，宁固”的主流人生理念，提倡重修身的人生态度。士大夫阶层中的大多数成员衣食无忧，并且有精力和时间研究生活艺术，既有条件讲究吃喝，同时也具有敏锐的审美思维。因此，士大夫阶层是中国历史上探索与艺术创建的主群体。对于茉莉亦是如此，他们为茉莉赋予了诸多外加的品性，突显出了中国传统社会对于花卉的鲜明艺术表现力和深刻的思想蕴含。

综上有关茉莉的描述，更多的是以福建在外出仕的士大夫为主

福州街景三（许坚勇摄）

体，他们思念家乡，对于家乡的茉莉形成了深深的眷念，对其赋予了“质”“香”“色”“形”“器”“味”“适”“序”“境”“趣”的和谐统一，突显了茉莉的先天美质、诱人香味、悦目色彩、美观形态、文雅名称、井然秩序、优雅怡情的环境以及愉悦的趣味和高雅的情调。他们注重实惠的情调和文化氛围，体现出鲜明的清新淡雅之美，这是将茉莉置身于丰盛与廉简协调、物质与精神享受兼具、心性陶冶与教化功德并重的人生把持，是自身行为乐而不淫、纵而有节的定力与旨趣，体现了士大夫阶层的“皆兢兢以礼法自持，盖人品端谨殊有足重者”的品格，并且逐渐成为代表中国历史上知识阶层主体和社会主流意识的观念。

可以说，茉莉在福建人的心目中已经变成了家乡的代名词。宋代陈傅的《欧冶遗事》有“果有荔枝，花有茉莉，天下未有”的描述，而现存福州最早的地方志《三山志》亦提及“（茉莉）独闽中有之”。通过对这些文献记载与诗文的理解，可以看出茉莉的形态特征及其演变轨迹都具有十分鲜明的区域风格历史，并且具有延续性，突显了福建的自然地理、经济生活、人文素养以及文化习俗，是区域文化传承关系得以保持的重要因素之一。有关茉莉的种植、描述以及引申的各种文化风俗代表了福建地方文化的总体情况与风格，并且代代相传。这种传承性在区位文化历史顺序的每一个时期及历史过程的交替阶段表现得极为明显，周而复始成为福建区域历史上一种静态或黏结的表象，亦是一张非常显眼的金名片。

与此同时，这张金名片是区域间文化交流的主流选择，是具有通融性便于交流的文化象征符号，是突显福建地域文化的突出风格与历史性特征。文化就其本质来说是只有一定的地域附着而没有或很少有十分严格的地理界线的，只要有人际往来，便有文化的交流。各区域间的交流是随时可能发生的，并且事实上几乎是时刻发生的，如同离开福建而定居他乡的士大夫依然思念和怀念着家乡的茉莉一样，这样的深刻思念是具有很强的渗透与习染能力，是更为有效宣传福建茉莉文化的媒介。中国各个区域的文化都具有其独特个性，在与其他区域进行交流的过程中，具有鲜明代表性的区域象征就成了不断影响区域外文化的重要载体。士大夫阶层，尤其是福建籍的士人对于茉莉的着重描述以及深刻情感刻画，使茉莉走向全中国，成了一种彼此区域沟通联系的共同体，充分展示的各种文化形态，成为福建与其他区域之间紧密相连的纽带。

街景绿植（许坚勇摄）

从品花茶扯到饮茶流变

12

水为茶之母。选什么样的水来烹茶，自古以来都是爱茶之人极为重视的一个环节。所谓“烹茶，水之功居大”“茶性必发于水，八分之茶遇十分之水，茶亦十分矣；八分之水试十分之茶，茶只八分耳”是说用高品质的水烹茶，可以弥补茶叶本身的不足，而低品质的水则会对茶品造成影响。正如《茶疏》所述，“精茗蕴香，借水而发，无水不可与论茶也”。可见水质的好坏在激发茶叶色、香、味等方面具有很大影响……

在福州市区晃悠，路过顺眼的茶店总要进去看看，遇到亲切热情的服务员就坐下来尝尝、聊聊，尝到喜欢的或者聊开心了就买上一点儿。

偶然走进一家环境清幽、陈设典雅的茶店，偶遇一个笑容亲切、愿意接待我们，而且还同意拍照的茶小妹，于是便愉快地闲聊起来。茶小妹一边认真冲泡着店里的茉莉花茶产品，一边仔细介绍品牌自创的花茶冲泡专用杯，一边还能分神回答我们的问题，非常贴心。

花茶的冲泡有一整套流程，从茶具配置到水质、水温，从投茶用量到冲泡时间，从操作手法到敬茶表情，无不涵括在内。再讲究一点儿，不同品牌甚至相同品牌的不同产品，也要有专属的冲泡和品饮流程。

虽然看着赏心悦目，可对于我这种急性子来说，实在心累。况且从我读研开始，就没见过两位导师茶史专家朱先生和茶叶首席专家黎教授私下里用正经茶具喝茶。通常就是随意的玻璃杯或者印着“某某研讨会”的纪念杯，不风雅，也无美感。我也就跟着有样学样，一只玻璃杯喝所有种类的茶。后来玻璃杯摔碎得多了，就改用更厚实的马克杯。

茶的冲泡方法与其制作方式有着紧密联系。唐代陆羽《茶经》记载的“煎茶”，是针对同时代的饼茶发展而来。书中详列了28种煮茶和饮茶器具，吴觉农先生将其分为8个类别，包括生火用的、煮茶用的、烤茶用的、碾茶用的，还有盛水的、盛盐的等，细致至极，也烦琐至极。

《茶经》描述的唐代煎茶程序也极为讲究。在煎茶之前要先炙烤茶饼，就是将茶饼夹住，靠近火焰，并时时翻转，至茶饼上出现如“蛤蟆背”状的泡，然后离开火焰五寸[1]，待蜷缩的茶饼逐渐舒展开以后，按照上述方法再烤炙一次。烤茶期间，须保持火焰稳定，以免茶饼受热不均。烤好之后的茶饼需要趁热放入纸袋中保存，以免茶香散失，待冷却后再行碾磨。经过炙烤的茶饼既有利于碾磨成末，又能有效消除茶饼的青草气，从而激发茶香。

静茶（刘馨秋摄）

冷却好的茶饼要先用茶碾碾成末状才能烹煮。唐代茶碾的材质以木为主，虽然亦不乏金属质，如西安法门寺出土的“鎏金鸿雁流云纹银茶碾”，但毕竟属于皇家之物，不曾普及至民间，直至宋代才发展成以银、熟铁等金属或石料等更为适宜的材料来制作茶碾。材质的改变使碾茶程序更具可控性。碾好的茶末须用罗合筛存。罗，罗筛；合，即盒。

罗筛，是将剖开的大竹弯曲，并蒙上纱或绢而制成的。茶末透过绢纱的网眼，然后落入盒中。绢、纱经纬间网眼的大小没有确切表述，茶末标准仅能依靠《茶经》中的描述来判断，即“碧粉缥尘，非末也”，“末之上者，其屑如细米；末之下者，其屑如菱角”。

煮水煮茶需要在鍑中进行。鍑，无盖，外形似大口锅，带有方形的耳、宽阔的边。这种无盖、大口的设计对观察辨别水和茶汤的火候极为有利，但同时也存在易被污染的缺陷。鍑的容量在3~5升之间，可供10余人之饮。煮水最重火候，有“三沸”之说。将水烧开至“沸如鱼目，微有声”的程度，即“一沸”；加入适量的盐调味，再烧至“缘边如涌泉连珠”，即“二沸”，并舀出一瓢水待用；用“竹筴”在水中转动至出现水涡，然后用“则”量取茶末，放入水涡之中，烧至“腾波鼓浪”，即“三沸”；在茶汤出现“奔涛溅沫”的现象时，将第二沸舀出的水倒入茶汤，降低水温、抑制沸腾，从而孕育沫饽。也就是说，前两次沸腾均为煮水，而第三次沸腾才为煮茶，待茶汤再度沸腾之后，进入酌茶程序。

酌茶时，舀出的第一瓢为“隽永”，须置于熟盂中保存，以备孕育沫饽、抑制沸腾之用，然后再将茶汤依次酌入茶碗。沫饽是茶汤的精华，酌茶时须注意使各碗中的沫饽均匀，已确保茶汤滋味一致。通常情况下，煮1升水可酌5碗茶汤，其中前3碗滋味最好，但也次于“隽永”，至第4、第5碗就不再值得饮用了。酌茶所用的茶碗（茶盏），敞口、瘦底、碗身斜直，色泽以越窑的青色最衬饼茶的淡红汤色，因此陆羽在《茶经》中称赞越瓷“类玉”“类冰”，可使茶汤呈现绿色，极具欣赏价值。

到了宋徽宗那个年代，“以末就茶镬”的“煎茶”变成了以瓶注汤入盏，冲击茶末，并环回击拂的“点茶”。茶具也换成了相应的汤瓶或铫、茶盏、茶匙、茶筅。如果点泡饼茶、散茶等未经碾磨的茶叶时，还需使用茶碾、茶磨、茶罗等，因为点茶需要用末茶，如果是元代那种金字末茶，就可直接点，如果是北苑的龙团凤饼，就要先用茶磨研磨成粉末状，然后才能点。

点茶先候汤，就是煮水。点茶是要直接向茶盏中注水的，为了便于注水，所以煮水的容器就变成了高肩长流的小容量汤瓶。汤瓶的瓶口较窄，不像唐代用来煮水的那么容易辨别汤的火候，所以煮水难度要大得多。

点茶需要用到茶盏，盏的颜色、尺寸均会影响点茶的成败，所以宋代点茶对茶盏有极高要求。通常来说，如果是用饼茶碾成的茶末，那么建窑的兔毫盏、黑釉盏是最好的选择。因为这种茶的颜色泛白，兔毫盏是青黑色的，刚好能衬出茶的颜色。如果是用江浙一带的草茶碾成的茶末来点，那么茶盏就不需要用黑釉的，而是用青瓷、白瓷比较多。这是盏的颜色选择。从茶盏形制来看，盏要深，有深度才能在点茶时让茶末和泡沫有上下浮动的空间；而且盏还要宽，通常体形较大，盏口直径大多为11～15厘米，因为点茶时需要茶筅不停地旋转，盏足够宽才能转得开。至于在茶盏中放多少茶，可以根据盏的大小自己调节，盏大就多放点儿，盏小就少放点儿。点茶之前，需要先炙烤茶盏，也就是熁盏，目的是让茶盏的温度升高，如果茶盏的温度不够的话，点茶的时候很难让茶末浮起来。

这些准备工作都做好之后，就到了点泡法中最为关键的程序，点茶。点茶的第一步是调膏，就是用茶匙把磨好的茶放进茶盏，然后先注入少量开水，把茶粉调制成均匀的茶膏。调膏之后继续注水，同时用茶筅“环回击拂”。茶筅是专门用来搅拌茶汤的茶具，从北宋末年开始频繁用于点茶程序中，之前是用茶匙来搅拌的。用茶筅拂击茶汤，是为了达到茶末下沉、泡沫上浮的目的。然后看茶和水调和以后的浓度适中就可以了。

宋徽宗赵佶在《大观茶论》里把点茶时注水击拂的过程又细分了7个层次，也就是要加7次水：

第一汤加水量较少，目的是为了将茶末调成均匀的糨糊状。

第二汤须用力搅拌，茶汤色泽随着水量的增加而逐渐转淡。

第三汤的搅拌贵在轻巧、均匀，以茶汤出现“粟文蟹眼”为宜。

第四汤的搅拌转幅加大并控制转速，目的是为了打出泡沫。

第五汤的搅拌须视茶汤泡沫情况而定，力求调整泡沫，达到“结浚霭，结凝雪”的程度。

第六汤只需缓慢搅动茶筅即可。

第七汤最后调整茶汤浓度，完成点茶。

短暂的点茶过程都可以被分析成7个步骤，而且每一个步骤都有不同层次的感官体验，可见点茶技巧在当时已经发展到了极致。

点茶一般是在茶盏中直接进行，所以可直接持盏饮用，如果因人数较多而使用大茶瓯点茶。品茶的时候，可以欣赏茶汤的色、香、味，而点茶法对汤色的要求特别严格，《大观茶论》里写得非常详细，茶汤的颜色以纯白为胜，第二青白、第三灰白、第四黄白。可见“纯白”对于点茶意义最大，也因为点茶崇尚白色，所以宋代茶盏虽然在外形上与唐时类似，但在色泽上却以青黑者为最佳之选，就像我们前面讲的，选青黑茶盏的目的是为了以浓重的色彩来更好地衬托茶汤的纯白之色。除了看茶汤的颜色，也要看咬盏的茶沫消退的情况，茶沫持续得越久越厉害，先消退就输了，这也是宋代文人雅士间流行的“斗茶”竞技游戏的评判标准。

随着茶类制作技术的转变，烹茶方法也发生了相应的变化。相较而言，我们现在常用的芽茶撮泡法更为简单、快捷，极易推广和接受，所以在芽茶、叶茶占据我国茶类生产的主要位置时，用开水直接冲泡茶叶的方法也随之成为明清时期最为流行的烹茶技术。明代很多茶书都对泡茶法有很详细的记载，概括起来主要包括这样几个步骤，择水、备器、煮汤、洁器、投茶、冲泡、品饮等。

水为茶之母。选什么样的水来烹茶，自古以来都是爱茶之人极为重视的一个环节。所谓“烹茶，水之功居大”“茶性必发于水，八分之茶遇十分之水，茶亦十分矣；八分之水试十分之茶，茶只八分耳”是说用高品质的水烹茶，可以弥补茶叶本身的不足，而低品质的水则会对茶品造成影响。正如《茶疏》所述，“精茗蕴香，借水而发，无水不可与论茶也”。可见水质的好坏在激发茶叶色、香、味等方面具有很大影响。

那么，什么样的水是适合泡茶的水呢？宋徽宗赵佶在《大观茶论》中记载，好品质的水“以清轻甘洁为美，轻甘乃水之自然，独为难得”。震钧《茶说》亦载，“凡水，以甘而芳、甘而冽为上；清而甘、清而冽次之。未有冽而不清者，亦未有甘而不清者，然必泉水始能如此”。说明宜茶之水需具备“清、轻、甘、洁、冽”等品质，而符合这些条件的水又多隐匿于山川之中，颇为难得。然所谓“茶者水之神，水者茶之体”“茶之气味，以水为因”，觅水、试茶、评水自古即是爱茶的文人雅士重视并追求的。如唐代张又新在《煎茶水记》中就记载了刘伯刍评出的宜茶之水，“故刑部侍郎刘公讳伯刍，于又新丈人行也。为学精博，颇有风鉴，称较水之与茶宜者，凡七等：扬子江南零水第一；无锡惠山寺石泉水第二；苏州虎丘寺石泉水第三；丹阳县观音寺水第四；扬州大明寺水第五；吴松江水第六；淮水最下，第七”。

冲泡芽茶、叶茶时所用器具主要有茶铫、茶注（壶）、茶盏（瓯）等。茶铫，即煮水器，材质以金或锡为宜。茶注（壶），用以泡茶。早期冲泡芽茶的器皿以银、锡为主，后紫砂壶渐流行于世，遂取银锡制而代之。对于茶注（壶）的体积，《茶疏》中也有明确记述，“宜小不宜甚大，小则香气氤氲，大则易于散漫。大约及半升，是为适可。独自斟酌，愈小愈佳。容水半升者，量茶五分，其余以是增减”。茶盏，用以品茶。《茶疏》载，“古取建窑兔毛花者，亦斗碾茶用之宜耳。其在今日，纯白为佳，兼贵于小。定窑最贵，不易得矣。宣、成、嘉靖，俱有名窑”。

煮汤，即烧水，其关键在于火候的掌控。程用宾《茶录》载，“汤之得失，火其枢机，宜用活火。彻鼎通红，洁瓶上水，挥扇轻疾，闻声加重，此火候之文武也。盖过文则水性柔，茶神不吐；过武则火性烈，水抑茶灵。候汤有三辨，辨形、辨声、辨气。辨形者，如蟹眼，如鱼目，如涌泉，如聚珠，此萌汤形也；至腾波鼓涛，是为形熟。辨声者，听噫声，听转声，听骤声，听乱声，此萌汤声也；至急流滩声，是为声熟。辨气者，若轻雾，若淡烟，若凝云，若布露，此萌汤气也；至氤氲贯盈，是为气熟。已上则老矣”。

在泡茶之前，需先用烧好的开水涤器。用少许开水冲洗茶具，既能起到清洁的作用，又可以温热茶具，以更好地激发茶香。待品啜结束之后，也要及时弃去茶具中的茶渣，并清洗、擦拭、收藏，以备下次再用。

洁具温器之后，即可投茶。投茶有上投、中投、下投3种方法，上投是指先冲水，后投茶；中投是指先冲适量水，置茶后再冲适量水；下投是指先投茶，再冲水。此3种方法的使用需要配合茶叶品种和季节，如芽叶细嫩之茶则选择上投，较粗老者选下投；春、秋二季用中投，夏季用上投，冬季则用下投。

冲泡时需视投茶量的多寡来决定冲水量，如果水量过少，则茶汤滋味浓重苦涩；如果水量过多，则茶汤色泽滋味寡淡。

冲泡之后就可以釃（筛）茶、啜茶，也就是分茶和品饮。釃茶和啜茶均讲求“适时”，过早过晚都有损茶味，釃茶过早则茶之精髓未至，啜茶过迟则茶之神韵已消。啜茶人数也有一定要求，宾客通常不超过4人。超过则伤品雅趣，即所谓“毋贵客多，溷伤雅趣。独啜曰神，对啜曰胜，三四曰趣，五六曰泛，七八曰施”。此外，《煎茶七类》还指出，尝茶之前需“先涤漱，既乃徐啜，甘津潮舌，孤清自增，设杂以他果，香味俱夺”。也就是说，啜茶时应先漱口，且不杂以其他食物、香熏之味，这样才能更好地感受到茶汤之隽永。

随着茶类和制茶技术的不断发展，烹茶方法也在重复经历着创新、发展、繁盛以及最终消逝的过程。正如煎茶、点茶，它们都曾各自流行于特定的历史时期，而如今，饼茶、末茶早已湮没于历史长河之中，仅有芽茶、叶茶依旧盛行，因此，也只有简洁方便的泡茶程序得以延传至今，成为传统烹茶技艺中流传最久远、使用最广泛的方法。近年来，随着茶产业和茶文化的复兴和迅速繁荣，品目众多的名茶品种如雨后春笋般涌出，为了提升名茶的文化内涵，与茶叶产品一同推出的通常还有一套花哨的冲泡技艺。然而，无论这些新兴的泡茶技艺具有多么华丽的观赏性，其本质终究无法脱离千百年来传统泡茶技术所形成和表达的最基本的理念，即表现茶之隽永。这正是文化遗产的魅力所在。

注释

[1] 1寸约等于3.33厘米。

喝茶的人（许坚勇摄）

待至茶会尾声，同案的一位女施主突然说，法师的茶里多了太多杂念。她前一年参加云林茶会也是喝这位法师泡的茶，简直惊为天人，所以这一次主动找到法师茶案，想再次体验，可却失望至极。法师听后，瞬间面红耳赤，不再作声。虽然气氛稍显尴尬，可是能在佛前被提醒自己心态的微妙变化，这位法师也算是遇到了知音，或许经此一事，此后修行可以更加精进吧……

泡茶技艺

在众多茶类之中，绿茶的泡法相对简单，而茉莉花茶是在绿茶的基础上进行再加工而成，因此冲泡工序和茶具均可参照绿茶。绿茶的冲泡程序在明清时期已经基本确定，主要包括择水、备器、煮汤、洁器、投茶、冲泡、品饮等步骤。茉莉花茶的冲泡程序也基本如此，简单说来，生活品饮可以选择盖碗泡饮、玻璃杯泡饮或者瓷壶泡饮。高档茉莉花茶一般采用盖碗工夫式泡饮，一泡一泡数下去，品着每一泡的变化，感悟每一泡的细微差别。这也是福州最常见的茉莉花茶泡饮方法。有些造型优美的特种茉莉花茶，可以选用透明的玻璃杯冲泡，以便欣赏茶叶在杯中翩翩舞动的风姿。对于一般级别的茉莉花茶，用瓷壶泡饮就行了，操作简单，喝得也过瘾，解渴。至于水温要求、投茶量控制、冲泡时间长短，以及怎么品、怎么闻、续几次水，要现在的我来说，其实随心随性就好。可在十几年前，我为了学习如何泡茶，也是颇费了一番周折。

我读大学那会儿，刚刚迈入21世纪，沈阳的茶叶市场似乎还很平静，为数不多的茶楼属于中高档消费场所。只喝过花草茶的我突然很想学习茶艺，于是咨询了几家茶楼是否有类似的培训班。得到的答案比较一致：没有这种培训班，交学费也没人教，但是如果应聘茶楼服务人员倒是可以接受简单的培训。可是我还要上学，并没有时间做兼职，几经波折才在黄河立交桥附近的一家茶楼找到一位茶艺师姐姐愿意抽空指点我。十几年过去了，我已经想不起那位茶艺师的名字，我们没有再联系，她不知道我后来投身茶学，参与组建南农茶学的第一支茶艺队伍，考到了茶艺师、评茶员资格证书。虽然我早已改用马克杯饮所有茶，可是我泡茶的手法依然有她当年的影子。

后来，茶喝得久了便慢慢发现，泡一杯好茶，不仅在于技艺，更关乎心境。前些年有幸在灵隐寺参加云林茶会，随机坐在一位年轻法师案边。夜凉如水，大雄宝殿前微光点点，琴声深沉幽远，法师不言不语，也看不出情绪，旁若无物地泡着茶，只在奉茶时才对同案的几位施主稍作示意。那杯茶，尝得出味中的平和与恬淡。

大约两年后，再一次参加茶会，同样的时间与地点，而且巧在还是坐在那位年轻法师的茶案边。不同的是，法师变得健谈，一边泡着茶，一边自如回应着大家关于茶、关于修行的提问。投茶、冲水、奉茶，法师泡茶的技艺依旧纯熟，只是茶的味道没了当年的平和，尝起来似乎有些寡淡。我对自己的味觉没什么自信，暗想也许是其他原因。

待至茶会尾声，同案的一位女施主突然说，法师的茶里多了太多杂念。她前一年参加云林茶会也是喝这位法师泡的茶，简直惊为天人，所以这一次主动找到法师茶案，想再次体验，可却失望至极。法师听后，瞬间面红耳赤，不再作声。虽然气氛稍显尴尬，可是能在佛前被提醒自己心态的微妙变化，这位法师也算是遇到了知音，或许经此一事，此后修行可以更加精进吧。

以上只是我自己泡茶喝茶的心路历程。

以下回归教科书。

如果用作茶艺展示，茉莉花茶冲泡需要包括以下程序：

1. 备器：准备盖碗（或茶壶）、水壶、茶罐、茶荷、茶巾等，按照方便操作、美观雅致的原则放置。

2.赏茶：开汤前欣赏干茶外形，嗅干茶香气。

3. 备水：选择清洁、无异味的饮用水，水温要求90～100摄氏度，具体视花茶等级而定。

4. 涤瓯：以开水涤荡茶具，起到清洁作用，同时为茶具加温，以利于冲泡时的茶香散发。

5. 投茶：将干茶投放至盖碗或茶壶中。

6. 浸润泡：采用回旋冲水法注入1/4～1/3开水，浸润茶叶，使之舒展，以利激发香气和滋味的浸出。

7. 冲泡：冲水至八分满，使茶叶在容器中翻转，以达到均匀冲泡的目的。

8. 敬茶：冲水后静待2～3分钟，即可敬给宾客品饮。

9. 品饮：先观汤色，再闻香气，而后啜品滋味。

10. 续水：当品饮至杯中1/2处，即可续水，既调剂茶汤浓度，又能保持香味。

11. 续品茗：再次观色、嗅香、品味。

12. 净具：整套程序完毕后，将所有茶具清洗，收放至原位。

另将名师创作的几套茉莉花茶茶艺流程摘录如下：

1.福州茉莉花茶茶艺（福州茉莉花种植与茶文化系统申报书，绿茗茶艺师刘秋兰展示）

（1）香茗进荷（取茶）。

（2）尽展丰姿（赏茶）。

（3）落英缤纷（投茶）。

（4）细水旋流（冲水）。

（5）温润心怀（泡茶）。

（6）香茗入海（分茶）。

（7）敬奉香茗（敬茶）。

（8）轻闻茶香（闻茶）。

（9）品香思味（品茶）。

（10）茶美人康（谢茶）。

茉莉花茶茶艺展示（陈大军摄）

2.茉莉清芬——茉莉花茶茶艺（郭雅玲、孙云创编）

意境：闲静有致，清芬怡人。

解说：福建是茉莉花茶的主产区，品种繁多，花色纷呈。茶引花香，相得益彰。曾经有一位外国诗人赞咏茉莉花茶“从中国的花茶中，我发现了芬芳的春天”。

高山云雾春毫嫩，闽江两岸茉莉香。八闽山间茶，四序水中香。让典雅的茶艺流动着美的旋律，让我们于福建茶文化家园里共享大自然给

茉莉花茶茶艺——分茶（陈大军摄）

予的一份情趣。饮用茉莉花茶，如置身花丛之中，享受田园生活的乐趣。有言道，花茶是诗一般的茶，它融茶之韵与花之香于一体，通过“引花香，增茶味”，使花香茶味珠联璧合，相得益彰。茉莉芬芳，既幽雅，又馥郁，尤其鲜灵而有别于其他花茶，香而不浮，鲜而不浊。在品饮时颇有一番碧沉香泛之意境。

茶艺流程：

（1）清心事茶（准备）。

（2）云魄轻起（开盖）。

（3）春江水暖（温盏）。

（4）天鹅戏水（涤杯）。

（5）渐入佳境（摆盏）。

（6）喜得珍品（取茶）。

（7）落英缤纷（投茶）。

（8）温润心怀（润茶）。

（9）凤凰点头（冲泡）。

（10）鸟语花香（盖杯）。

（11）依依敬茗（敬茶）。

（12）欣然把盏（持杯）。

（13）花影叠翠（观色）。

（14）春水盈盏（嗅香）。

（15）茉莉问芳（品味）。

（16）清芬怡人（回味）。

3.北京盖碗（茉莉花茶）茶艺（藤军创编）

（1）恭迎宾客（迎客）。

解说：《世说新语》记载，任育长“自过江，便失志。王丞相请先度时贤共至石头迎之，犹作畴日相待，一见便觉有异。坐席竟，下饮，便问人云：此为茶为茗？”其中“坐席竟，下饮”指坐定之后上茶，有学者称其为“客来敬茶”的雏形。此后，经过漫长历史时期的沉淀与发展，“客来敬茶”逐渐形成中国传统礼仪形式。

（2）呈展茶旗（茶品展示）。

解说：千里不同风，百里不同俗。中国是一个多民族的大家庭，饮茶习俗众多又各有千秋，可谓五彩纷呈，美不胜收。

（3）敬宣茶德。

解说：中国茶文化集哲学、伦理、历史、文学、艺术于一体，是东方艺术宝库中的奇葩。中国当代茶学泰斗庄晚芳教授将茶德归纳为4项：

廉——廉俭育德。茶可以益智明思，促使人们修身养性，冷静从事。所以，茶历来是清廉、勤政、俭约、奋进的象征。

美——美真康乐。饮茶给人们带来的味美、汤美、形美、具美、情美、境美，是物质与精神的极大享受。

和——和诚相处。同饮香茗，共话友谊，能使人们在和煦的阳光下共享亲情。

茉莉花茶茶艺——闻香（陈大军摄）

敬——敬爱为人。客来敬茶的清风美俗，造就了炎黄子孙尊老爱幼、热爱和平的民族性格。

（4）精选香茗（选茶）。

解说：中国茶按发酵程度可分为不发酵茶、半发酵茶和全发酵茶。北方人喜爱的花茶属于绿茶的再加工茶，又称香片。窨制花茶常用茉莉花、玉兰花、代代花、桂花等。

（5）理火烹泉（备水）。

解说：苏轼有诗云“活水还须活火烹”，煮水的关键在于火候的控制。明代张源在《茶录》中记述：“烹茶旨要，火候为先。炉火通红，茶瓢始上。扇起要轻疾，待有声，稍稍重疾，斯文武之候也。过于文，则水性柔，柔则水为茶降；过于武，则火性烈，烈则茶为水制。皆不足于中和，非茶家要旨也。”

（6）鉴赏甘霖（赏水）。

解说：俗话说，水为茶之母。水在激发茶叶品质方面具有极大影响，好品质的水具有弥补茶叶本身不足的功能，而低品质的水则会对茶品造成影响。对于烹茶之水的认知，历代茶叶著作中均有相关记载，认为宜茶之水需要具备“清、轻、甘、洁、冽”等品质，这一观点依然被今人所认同。

（7）摆盏备具（备器）。

解说：选用茶具要因茶而异。沏泡花茶要用盖碗，加碗盖有利于保持香气和清洁。茶碗呈喇叭形状，碗底浅可使饮茶人及时尝到碗根处的浓酽茶汤。碗托可以护手，又可保温，还可以显示出古都茶文化的考究与尊严。盖、碗、托三位一体，象征天、地、人不可分离。

（8）流云拂月（温盏）。

解说：在泡茶之前，需先用烧好的水涤器。“伺汤纯熟，注杯许于壶中，命（名）曰浴壶，以祛寒冷宿气也”。用开水冲洗茶具，既能起到清洁的作用，又可以温热茶具，以更好地激发茶香。

（9）执权投茶（投茶）。

解说：北京盖碗茶讲究香醇浓酽，每碗可放干茶3克。投茶时，可遵照五行学说按——木、火、土、金、水5个方位一一投入，不违背茶的圣洁物性，以祈求茶给人类带来更多的幸福。

（10）云龙泻瀑（冲水）。

解说：泡茶的水温因茶而异。冲泡花茶要用沸水。先注水少许，温润茶芽，然后悬壶高冲，使茶叶在杯中上下翻腾，充分浸润。

（11）初奉香茗（奉茶）。

解说：冲水后静待2～3分钟，可敬给宾客品饮，敬茶时双手捧杯，依次将茶敬奉给客人，最后一杯留给自己。

（12）陶然沁芳（一品）。

解说：在饮用盖碗茶时，用左手托住盏托，右手拿起碗盖轻轻拂动茶汤表面，使茶汤上下均匀。待香气充分发挥后，开始闻香、观色，然后缓啜三口。三口方知味，三番才动心。之后，便可随意细品了。

（13）百味凝春（佐茶）。

解说：在品饮之间佐以茶食，能更好地体会茶的韵味。

（14）重酌酽香（二品）。

解说：茶要趁热连饮。当客人杯中尚余1/3左右的茶汤时，主人就应及时添注热水。

（15）泉入龙潭（续水）。

解说：悬壶高冲，再次注水。

（16）品评江山（三品）。

解说：对茶的品味因人而异。评茶方法有：眼观、鼻嗅、口尝。花茶以形整、色翠、香气浓酽为好。

（17）即兴颂章（吟诗）。

解说：茶能清诗思，助诗兴。几千年来，古人留下几千首茶诗，今人的茶诗也日渐增多。茶诗中比较有代表性的是唐代卢仝的《走笔谢孟柬议寄新茶》：“一碗喉吻润；两碗破孤闷；三碗搜枯肠，唯有文字五千卷；四碗发轻汗，平生不平事，尽向毛孔散；五碗肌骨轻；六碗通仙灵；七碗吃不得也，唯觉两腋习习清风生。”

（18）书画会赏（赏画）。

解说：琴棋书画，诗酒花茶，均为大雅之事。文人雅集，自古皆然。品茗、读书、吟诗、作画、清谈，本就是文人雅士的集会内容。在品茶的同时鉴赏书画作品，更增风雅情趣。

（19）尽杯谢茶（谢茶）。

解说：喝尽杯中之茶，感谢茶带给人们的美好体验。

（20）洁具收盏（净具）。

解说：待品啜结束之后，也要及时弃去茶具中的茶渣，并清洗、擦拭、收藏，以备下次再用。如明代程用宾《茶录》所载：“倾去交茶，用拭具布乘热拂拭，则壶垢易遁，而磁质渐蜕。饮讫，以清水微荡，覆净再拭藏之，令常洁冽，不染风尘。”

（21）茶仓归一（收器）。

解说：道家认为，万物的一生一灭都遵循着“道”的循环规律。中国茶人自唐代开始提出“茶道”的概念。古今茶人把温盏、投茶、沏泡、品饮、收杯、洁具、复归，看作一次与大自然亲近融合的历程，是茶道精神的体现。

（22）再宣茶德。

解说：再次强调廉、美、和、敬的茶道精神，提高自我修养。

（23）致谢话别。

解说：茶毕，宾主互相祝福，道别。

4.茉莉花茶茶艺（林治创编）

花茶是诗一般的茶，它融茶之韵与花之香于一体，通过“引花香，增茶味”，使花香茶味珠联璧合，相得益彰。从花茶中，我们可以品出春天的气息。花茶是诗一般的茶，所以在冲泡和品饮花茶时也要求有诗一样美的程序。

茶艺流程：

（1）烫杯——春江水暖鸭先知。

解说：“竹外桃花三两枝，春江水暖鸭先知”是苏东坡的一句名诗。借助苏东坡的这句诗描述烫杯，请各位嘉宾充分发挥自己的想象力，看一看在茶盘中经过开水烫洗之后，冒着热气的、洁白如玉的茶杯，像不像一只只在春江中游泳的小鸭子？

（2）赏茶——香花绿叶相扶持。

解说：赏茶也称为“目品”。“目品”是花茶三品——（目品、鼻品、口品）中的头一品，目的即观察鉴赏花茶茶坯的质量，主要是观察茶坯的品种、工艺、细嫩程度及保管质量。今天请大家品的是特级茉莉花茶，这种花茶的茶坯多为优质绿茶，茶坯色绿质嫩，在茶中还混合有少量的茉莉花干，花干的色泽白净明亮，这称之为“锦上添花”。在用肉眼观察了茶坯之后，还要闻花茶的香气。通过上述鉴赏，我们一定会感到好的花茶确实是“香花绿叶相扶持”，极富诗意，令人心醉。

（3）投茶——落英缤纷玉杯里。

解说：“落英缤纷”是晋代文学家陶渊明先生在《桃花源记》一文中描述的美景。当我们用茶导把花茶从茶盒中拨进洁白如玉的茶杯时，花干和茶叶飘然而下，恰似“落英缤纷”。

（4）冲水——春潮带雨晚来急。

解说：冲泡花茶也讲究“高冲水”。冲泡特级茉莉花茶时要用90摄氏度左右的开水。热水从壶中直泻而下，注入杯中，杯中的花茶随水浪上下翻滚，恰似“春潮带雨晚来急”。

（5）闷茶——三才化育甘露美。

冲水后盖好杯盖，静置2～3分钟，待茶叶内含物质析出。

（6）敬茶——一盏香茗奉知己。

解说：敬茶时应双手捧杯，举杯齐眉，注目嘉宾并行点头礼，然后从右到左，把沏好的茶依次敬奉给客人，最后一杯留给自己。

（7）闻香——杯里清香浮清趣。

解说：闻香也称为“鼻品”，这是三品花茶的第二品，品花茶讲究“未尝甘露味，先闻圣妙香”。闻香时“三才杯”的天、地、人不可分离，应用左手端起杯托，右手轻轻地将杯盖掀开一条缝，从缝隙中去闻香。闻香时主要看3项指标：一闻香气的鲜灵度，二闻香气的浓郁度，三闻香气的纯度。细心地闻优质花茶的茶香，是一种精神享受。您一定会感悟到在“天、地、人”之间，有一股新鲜、浓郁、醇正、清和的花香伴随着清悠高雅的茶香，氤氲上升，沁人心脾，使人陶醉。

（8）品茶——舌端甘苦入心底。

解说：品茶是指三品花茶的最后一品——口品。在品茶时依然是天、地、人三才杯不分离，依然是用左手托杯，右手将杯盖的前沿下压，后沿翘起，然后从开缝中品茶。品茶时应小口喝入茶汤，使茶汤在口腔中稍事停留，这时轻轻用口吸气，使茶汤在舌面流动，以便茶汤充分与味蕾接触，有利于更精细地品悟出茶韵。然后闭紧嘴巴，用鼻腔呼气，使茶香直贯脑门，只有这样才能充分领略花茶所独有的“味轻醍醐，香薄兰芷”的花香与茶韵。

（9）回味——茶味人生细品悟。

解说：茶人们认为一杯茶中有人生百味，有的人“啜苦可励志”，有的人“咽甘思报国”。无论茶是苦涩、甘鲜还是平和、醇厚，茶人们都会有良多的感悟和联想，所以品茶重在回味。

（10）谢茶——饮罢两腋清风起。

解说：茶祛襟涤滞，致清导和，是使人神清气爽、延年益寿的灵物，让我们共同干了这头道茶后，再请各位嘉宾慢慢自斟自品，去寻找卢仝7碗茶后“两腋习习清风生”的绝妙感受。祝大家多福多寿，长健长乐。

感官评审

不管茶艺展示多么赏心悦目，也不管日常品赏有多么随心随性，一旦涉及审评，那就要专业、规范、客观、严肃了。审评用的评茶杯、评茶碗、评茶盘、叶底盘、吐茶桶、天平、计时钟等一个都不能少，3克的投茶量而且要剔除花干，沸水加盖冲泡5分钟，茶汤要沥入评茶碗，然后依次评审汤色、香气、滋味、叶底，评香气还分热嗅、温嗅、冷嗅。因为要看色闻香，所以对审评室的光源、光线、光度、室温、清洁度、干燥度、空气新鲜度等也都有要求。学生时代上茶叶审评课，肤浅地认为倏地一下吸入茶汤很滑稽，后来才渐渐认识到，茶叶审评表上的每个评语、每个评分都需要长期的专业积累，不敢怠慢。

福州茉莉花茶作为地理标志产品，有专门的地方标准。标准规定福州茉莉花茶是以茉莉花及烘青绿茶为原料，按照福州传统工艺经四窨一提以上加工制作而成，具有福州茉莉花茶品质特征的茉莉花茶。按照感官品质要求，福州茉莉花茶可分为银毫级以上特种茶、银毫级、春毫级、香毫级和特级。

福州茉莉花茶感官品质要求（DB 35/T 991—2010）

项目		分级				
		银毫级以上特种茶	银毫级	春毫级	香毫级	特级
外形	条索	圆形、扁平、针形、螺形、珠形、束形等	紧结、芽壮、显毫	紧结、细嫩、显毫	紧结、锋苗、显毫	紧结、多毫
	色泽	绿润、黄亮、银亮	绿润	绿润	绿润	黄绿尚润
	整碎	匀整	匀整、平伏	匀整、平伏	匀齐、平伏	匀齐、平伏
	净度	洁净	洁净	洁净	洁净	净、略含嫩筋
内质	香气	鲜灵、馥郁永久	鲜灵、浓郁持久	鲜灵、浓郁	鲜灵尚浓郁	鲜浓
	滋味	鲜浓醇厚、回甘	鲜浓醇厚	鲜浓醇厚	鲜浓醇厚	鲜浓
	汤色	黄绿、清澈、明亮	黄绿、清澈、明亮	黄绿、明亮	黄绿、明亮	淡黄、明亮
	叶底	毫芽肥嫩、匀亮	肥嫩、匀亮、毫芽显	细嫩、匀亮、显毫	嫩绿、明亮、显毫	嫩绿、匀亮
窨次	六窨以上	六窨一提	五窨一提	五窨一提	四窨一提	
其他要求	具有福州茉莉花茶应有的风味和特征，无霉变、无异味，产品洁净，除含少量茉莉干花外，不得混有其他非茶类夹杂物，不含任何添加剂					

上表中的感官品质要求主要是针对级型茉莉花茶，而对于特种茉莉花茶，则有更高的外形和内质要求。

特种茉莉花茶是以名优绿茶或特殊形态的绿茶素坯窨制而成。根据不同的外形特点冠以各具特色的名称，如茉莉毛峰、茉莉龙珠、茉莉雪芽、茉莉银针等。

特种茉莉花茶品名与外形特点

品名	外形特点
茉莉银针	外形呈针芽状，肥壮多毫，色泽洁白，匀整美观
茉莉松针	外形条索紧直，两端尖细呈松针状，色深绿
茉莉雪芽	外形细嫩，二叶抱芽呈花朵状，色绿，白毫显露
茉莉龙虾王	外形平扁，芽头基部略钩曲，形似虾，肥壮，白毫显露
茉莉珍珠螺	外形细嫩，紧卷呈盘花，白毫显露
茉莉龙珠	外形颗粒滚圆如珠，落盘有声，色绿润显白毫
茉莉凤眼	外形颗粒呈凤眼形，视觉形象逼真，具白毫，匀整美观
茉莉白毛猴	外形条索肥嫩卷曲，白毫显露
茉莉毛峰	外形条索肥嫩，色绿润多毫
茉莉银菊	束形茶，外形似菊花状，色绿润白毫显。有单面菊花和双面菊花两种
茉莉银环	外形呈小圆环状，一般以单个芽叶制成小圆环，具白毫，匀称美观。此类外形又称玉环
茉莉麦穗	外形似麦穗，茶芽紧结缠绕，白毫显

茉莉花茶在窨制完成后，需要将香气释放殆尽，花态萎缩的花渣分离出来，也就是“起花”。起花须做到适时、快速、筛净，虽然感官品质要求中允许成品花茶“含少量茉莉干花”，但越少越好。

级型茉莉花茶和特种茉莉花茶都须遵循“起花”标准，而有一种花茶可以用鲜花进行装饰，即造型工艺花茶。造型工艺花茶采用特殊的手工造型，将精选鲜花通过手工加工工艺，与窨制过的花茶糅合在一起，

茶样展示（许坚勇摄）

冲泡时花与茶一起舒展开来，颜值颇高。

为了便于观赏颜值，易于花朵舒展，冲泡工艺花茶多选择西式高脚杯或者腹鼓口大的玻璃杯。冲泡程序可参照高级茶艺师职业资格培训教材：

（1）备具。煮水壶1个，茶匙组合1套，西式高脚玻璃杯3个，茶荷1个，荷搁1个，茶巾1块，茶叶罐1个，茶盘1个。

（2）布具。按规定位置，将茶器具依次摆在茶台上。

（3）赏茶。取茶放入茶荷，供茶客观赏。

（4）润茶。将开水回旋注入茶荷，水量以没过茶叶为宜。

（5）温杯。

（6）置茶。将茶荷中的茶水倒弃，将茶叶拨入杯中。

（7）冲泡。注水入玻璃杯，水量控制在七八分满。

（8）奉茶。

（9）收具。

在伊斯坦布尔的香料市场，几种茶叶与色彩斑斓的香料摆在一起售卖。其中不见我们熟悉的茶类，而造型工艺花茶却是每家香料铺的必营品种。小商贩说不清工艺花茶从哪里来，只在名牌上清楚地写着“JASMIN TEA”（茉莉花茶）。

Agricultural
Heritage

14 花茶的功效

清代王椷在其笔记小说《秋灯丛话》中记录了一则趣闻：一位经常到南方做生意的北方商人特别喜欢吃猪头肉，每顿饭都吃，已经持续了10多年。于是就有精通医术的人断言这位商人很快就会生病，而且什么药都治不了。为了验证自己的诊断结论，他还特意跟着商人回到北方，结果过了很久，商人都没有生病的迹象。医者于是找到商人的仆人细细询问。仆人回答说，主人每顿饭后，都要喝好几杯松萝茶……

传说，神农尝百草，发现茶具有解毒和治病的功效。神农是中国南方农耕文明的一个代表，所谓“神农时代”也就是考古学所说的旧石器时代晚期至新石器时代，大概距今一两万年。虽然这样的传说缺乏确凿证据，但是茶的药用价值与保健功效被历代典籍广泛记录却是不争的事实。

曹魏张揖《广雅》记载：“其饮醒酒，令人不眠。”南朝梁任昉《述异记》也载：“巴东有真香茗，其花白色如蔷薇，煎服令人不眠，能诵无忘。”南朝道教理论家陶弘景在《杂录》中则称：“苦茶轻身换骨”。说的都是茶叶有提神醒脑的功效。

喝茶能清火解毒。明代医学家李时珍认为，很多病症都由上火引起，而茶最能降火，因此可治百病，即《本草纲目》所载“茶苦而寒，阴中之阴，沉也降也，最能降火。火为百病，火降则上清矣”。因此有“诸药为各病之药，茶为万病之药”之说。

喝茶有解油腻、促进消化等功效。明代钱椿年《茶谱》记载：“为饮真茶，能止渴消食，除痰少睡，利水道，明目益思，除烦去腻，人固不可一日无茶。”明代谈修《漏露漫录》中提出游牧民族：“以其腥肉之食非茶不消，青稞之热，非茶不解。”

关于茶的解腻功能，清代王械在其笔记小说《秋灯丛话》中记录了一则趣闻：一位经常到南方做生意的北方商人特别喜欢吃猪头肉，每顿饭都吃，已经持续了10多年。于是就有精通医术的人断言这位商人很快就会生病，而且什么药都治不了。为了验证自己的诊断结论，他还特意跟着商人回到北方，结果过了很久，商人都没有生病的迹象。医者于是找到商人的仆人细细询问。仆人回答说，主人每顿饭后，都要喝好几杯松萝茶。医者听完，恍然大悟，原来肉食油腻之毒可以用松萝茶解除。

苏东坡还曾利用茶叶去除油腻的功能，自己发明了饭后以浓茶漱口

茉莉花茶（许坚勇摄）

的口腔清洁方法。茶是含氟量较高的饮料，而氟离子具有防龋、坚骨的作用，能预防牙菌斑的生长，所以苏东坡自创的口腔清洁方法也是有一定科学依据的。

喝茶还能延缓衰老。关于这一功能，诗仙李白在《答族侄僧中孚赠玉泉仙人掌茶》一诗中有生动描写。当时李白与侄儿中孚禅师在金陵（今江苏南京）相遇，中孚禅师以湖北仙人掌茶相赠，并要李白以诗作答，于是李白诗曰："常闻玉泉山，山洞多乳窟。仙鼠如白鸦，倒悬清溪月。茗生此中石，玉泉流不歇。根柯洒芳津，采服润肌骨。丛老卷绿叶，枝枝相接连。曝成仙人掌，似拍洪崖肩。举世未见之，其名定谁传。宗英乃禅伯，投赠有佳篇。清镜烛无盐，顾惭西子妍。朝坐有余兴，长吟播诸天。”诗中表明李白对仙人掌茶素有耳闻，知采服此茶可以润肌强骨、延年益寿。玉泉真公经常采饮，所以80余岁仍面若桃李。

历代医书中对于茶叶功效的记载可以概括为提神醒脑、清热降火、消食化积、开胃健脾。

随着近半个世纪以来科学研究的不断深入，茶叶功效成分及其药理作用愈发清晰。除了史籍中早已明确的提神、明目、益思、利尿、降压等作用外，20世纪80年代以来的研究又进一步明确了茶叶的抗氧化、抗血小板凝聚、抗癌、降血压、防辐射、抗过敏、杀菌、抗病菌、消臭解毒、促进肠道有益微生物繁殖、抗溃疡、保护肝脏、抗气喘等作用。

目前茶叶中的已知化合物约有500余种，其中对人体有保健作用的功效成分主要包括茶多酚、茶多糖、咖啡因、茶氨酸、茶皂甙等。

茶多酚

在众多功效成分中，茶多酚无疑是最有吸引力的。茶多酚，又称茶鞣质，是茶叶中多种酚类及其衍生物的总称，在茶叶中的含量占14%～24%。茶多酚包括黄烷醇类、花色苷类、黄酮类、黄酮醇类和酚酸类等化学成分，其中以黄烷醇类物质为主要成分，也就是我们熟悉的儿茶素。儿茶素是绿茶中最重要的活性成分，也与茶叶的抗氧化功能有着重要关系。

人体细胞受到氧自由基的氧化伤害，会引发人体的自然衰老以及多种疾病的发生。可是人体内的氧自由基非常多，占自由基的95%以上，所以人体内脂质的过氧化作用不可避免，自然衰老也就不可避免。而茶多酚具有消除超氧阴离子自由基的效应和极强的抗氧化性，可以抑制人体内脂质的过氧化，因此具有抗衰老的功效。

茶多酚还可通过清除自由基、调节基因表达及蛋白合成等途径来发挥抗辐射作用，口服和外用茶多酚能明显缓解由辐射造成的各种损伤。同时，茶多酚又能提高人体白细胞和淋巴细胞的数量和活性，增强人体免疫功能，从而阻断致癌物质形成的代谢途径，有效降低多种癌症的发生率，并能够抑制肿瘤发展。

除此之外，茶多酚对自然界中近百种细菌都显示出优异的抗菌活性和较好的消炎抗感染活性，同时具有天然、低毒、高效的抗病毒作用，而且还能降低体脂、肝脂数量，降低血液中的胆固醇以及降低血压和阻缓血小板凝结，具有防止动脉粥样硬化和预防心血管病等多种药理功能。

有试验表明，绿茶和红茶对超氧阴离子自由基的抗氧化活性比很多蔬菜和水果要高出多倍，茶多酚也比维生素C和维生素E具有更强的抗氧化活性。儿茶素类化合物在绿茶中的含量较高，在红茶中含量较低，原因是儿茶素在红茶的加工过程中被合成为茶黄素和茶红素，所以红茶茶汤才会呈现明亮的红棕色。

作为一种天然抗氧化剂，茶多酚已于1991年被我国食品添加剂标准化技术委员会正式列为食品添加剂。

咖啡因

咖啡因是构成茶汤滋味的重要成分，同时也是许多药物的有效成分。它可以直接作用于大脑皮层，兴奋呼吸中枢和血管运动中枢，具有强心、提神的功效和利尿、解毒、平喘等药理功能，可以用于喘息性支气管炎和心力衰竭的治疗。咖啡因还能使血管平滑肌松弛，增大血管的有效直径，增强心血管壁弹性，可以有效促进血液循环，起到降低血糖、血脂和血压的作用。

咖啡因易溶于热水，茶叶中80%的咖啡因可溶入茶汤，人们通过饮茶可摄入较多的咖啡因。绿茶中的咖啡因含量一般为3%～4%，高于红茶，所以有的人喝绿茶会失眠，喝红茶没有太大反应。如果与咖啡相比，一杯绿茶的咖啡因含量约为40毫克，低于咖啡的80～100毫克，所以如果想要提神，喝咖啡的效果要比喝茶好。

尽管咖啡因对人体机能有多种调节作用，但过量摄入仍可能产生不良影响，因此研究低咖啡因茶已经成为茶叶资源利用及茶叶精深加工等领域的重要课题。

茶氨酸

氨基酸是茶叶中的重要含氮化合物，含量可达2%～4%。其中以茶氨酸的含量最高，占氨基酸总量的50%以上，被认为是茶叶的特征氨基酸。茶氨酸在绿茶中含量较高，是绿茶鲜爽滋味的主要来源。以前上课时老师总在强调的“鲜鸡汤”味就源于茶氨酸。通常茶氨酸含量越高，茶叶的等级也就越高。大量研究表明，茶氨酸具有松弛神经、解除疲劳、镇静等功效，而且还能起到调节血压、调节情绪和行为、提高认知能力和抗肿瘤等保健作用。

茶多糖

茶多糖是一种与蛋白质结合在一起的酸性多糖或酸性糖蛋白，在沸水中溶解性较好。药理研究表明，茶多糖具有降血糖、降血脂、抗凝血、抗血栓、降血压、减慢心率、耐缺氧和增加冠状动脉流动的作用，还具有抗炎、防辐射等药理作用，同时还能使血清凝集素抗体增加，从而增强机体免疫功能。与茶氨酸不同，茶多糖在越粗老的茶叶中含量越高，因此中低档茶叶反而比高档优质茶叶含有更多的茶多糖。

茶皂甙

茶皂甙，又称茶皂素，属甙类衍生物。茶皂甙可阻止胆固醇在肠道内的吸收，从而降低血浆脂质中的胆固醇；它还能与大分子醇类结合形成复盐，从而表现出溶血作用；同时具有抗细菌和抗霉菌的活性。我们泡茶时经常会看到茶汤表面被冲出一层泡沫，由此怀疑茶叶不干净，其实这些泡沫是茶皂甙产生的。茶皂甙具有很强的起泡力，它的水溶液可以产生类似肥皂一样的泡沫，这也是它得名“皂甙”的原因。茶皂甙是一种较好的天然表面活性剂，可应用于工业、医药及日用化工等方面。

微量元素和维生素

除上述主要功效成分以外，茶叶中含有与人体健康密切相关的微量元素和维生素。茶叶中已查明存在的微量元素约28种，其中氟、钾、铝、碘、硫、硒、镍、砷、锰9种元素的含量超过其他植物的平均含量。假设每天饮茶10克，可从茶中获得人体对钾必需量的6%～10%，锰需要量的50%以上，氟需要量的60%～80%，镁需要量的2%～5%。

茶叶中含有丰富的维生素。绿茶中的胡萝卜素含量为160～200毫克/千克，红茶中的胡萝卜素含量为70～90毫克/千克，可与富含胡萝卜素

茉莉花茶文化馆里的茉莉花（许坚勇摄）

的胡萝卜、菠菜和甘蓝相比。维生素B_1、维生素B_2在绿茶中的含量分别为2～3毫克/千克、12～18毫克/千克，在乌龙茶和红茶中含量均略低，分别为1.0～1.5毫克/千克、7～9毫克/千克。维生素B_5含量较高，绿茶中的含量为50～75毫克/千克，在红茶中的含量高于绿茶，约为100毫克/千克。维生素C在茶叶中的含量非常丰富，每100克绿茶中的含量高达100～250毫克，可与柠檬和动物肝脏相媲美。每天饮茶5杯即可满足人体对维生素K的需要量。茶叶中的维生素E含量也明显高于其他食品，但是维生素E在泡茶时不容易被浸出，所以人体吸收有限。

茶叶中的主要成分及其药理功效

成分	作用
多酚类化合物	抗氧化、防龋、抗癌、抗基因突变、杀菌、抗病毒、消臭、抑制动脉粥样硬化、降血压、抑制脂肪吸收
维生素	预防夜盲症和白内障、抗癌、消臭、预防皮肤病、保持神经系统正常、抗坏血症、预防贫血、抗衰老、抑制动脉粥样硬化、抗氧化、平衡脂质代谢、血管强化、降血压
咖啡因	兴奋中枢神经、利尿、强心
热水中部分可溶解淀粉、粗纤维	降血糖、助消化、降低血中胆固醇
氨基酸类	解除疲劳、提高免疫力、预防肝脏损伤、与儿茶素的协同作用
多糖	降血糖、治疗糖尿病
水溶性糖	降血糖、降低血中胆固醇

资料来源：
陈宗懋，《茶叶内含成分及其保健功效》，《中国茶叶》2009年第5期。

茉莉也具有药用价值，其根、叶、花均可用于医疗。据《本草纲目》记载，茉莉“根[气味]热，有毒。[主治]以酒磨一寸，服则昏迷，一日乃醒，二寸二日，三寸三日。凡跌损骨节脱臼接骨者用此，则不知痛也”。说的是茉莉根具有麻醉功能，传说神医华佗施行外科手术所用的麻沸散中就含有茉莉根的成分。

另据《四川中药志》记载，将茉莉根捣成蓉，用酒进行炒制后，包扎在患处，具有续筋、接骨、止痛的作用，同时也可用于治疗头痛、龋齿、失眠等。

文献中也有记载，茉莉根性味苦、温、有毒，所以茉莉根的使用有剂量限制，如果大剂量地运用，则会成为杀人的毒药。

现代医学认为，茉莉根含有生物碱，有毒，有麻醉、止痛功效。茉莉叶能治外感发热、腹胀腹泻。茉莉花则能理气开郁，也可用于治疗下痢腹痛、跌损筋骨、龋齿、头顶痛以及失眠、结膜炎等病症。

茉莉花茶的内含物与其茶坯原料基本相同，因此茉莉花茶具备绿茶的保健功能。同时，因茉莉花茶在加工过程中采用茉莉花窨制，所以除茶叶的保健功能以外，还兼具茉莉花芳香物质的生理功效。茉莉花芳香物质能够帮助消化、治胃脘胀痛，同时还能调节人体生理节律、调节人体神经系统、温暖情绪、消除不适感，具有镇定安神、解郁散结等功效。已有研究者通过一系列小鼠抗抑郁试验，确定茉莉花茶在抗抑郁方面具有显著效果。

茶样（许坚勇摄）

Agricultural
Heritage

15 茉莉的用途

采用茉莉制作的化妆品，具有增白、润燥等功效。《本草纲目》中就有关于制作茉莉面霜与茉莉护发精油的详细记载，指明既可以“蒸油取液，作面脂头泽，长发润燥香肌”，也可以直接将花捣成末以和“面药”，气味妙香、经久不减。《红楼梦》中也有茉莉粉的记载，称其带些红色，闻起来喷香，效果与蔷薇硝一样好……

美妆

很多国际品牌香水中，不约而同都有一味“茉莉”。还有那首国际知名度极高的《茉莉花》，我在圣彼得堡的马林斯基剧院看《图兰朵》时听到过，在突尼斯市老城区一家餐厅，驻场乐队看到稀有的中国游客，随即演奏一曲《茉莉花》以示欢迎。不仅满世界传颂，就连美国的一艘飞向外太空寻找外星生命的宇宙飞船也搭载着这首曲子。也许在全世界看来，茉莉花就是中国文化的代表元素，茉莉花香就是浓浓的中国味道。

茉莉虽非中国原产，但色如玉、香浓郁的特点使之一经传入便被贴上了“众花之冠”“人间第一香”的标签，被广大爱美人士用作头饰和化妆品。据载，魏晋南北朝时期，南越女子会用彩线穿茉莉花心作为首饰，或者直接簪于发髻之上。随着茉莉花向北方地区的传播与普及，以茉莉花为饰的做法也更加普遍。李渔在《闲情偶寄》中更有“茉莉一花，单为助妆而设，其天生以媚妇人者乎”的记载，直接把茉莉花描述成了妇人专用的美妆用品，赋予了茉莉花生来就是为了增加妇人魅力值的神圣使命，也直接反映了中国古代文人的雅致生活。

采用茉莉制作的化妆品，具有增白、润燥等功效。《本草纲目》中就有关于制作茉莉面霜与茉莉护发精油的详细记载，指明既可以“蒸油取液，作面脂头泽，长发润燥香肌”，也可以直接将花捣成末以和“面药”，气味妙香、经久不减。《红楼梦》中也有茉莉粉的记载，称其带些红色，闻起来喷香，效果与蔷薇硝一样好。古今中外，人们养颜美容的决心没变，用的原材料其实也没变。

茉莉情怀（腾讯大闽网供图吴杰提供）

香熏

茉莉熏香的历史也是十分悠久，深受中国古代士大夫阶层、贵族乃至皇室的喜爱。南宋陈景沂编著的《全芳备祖》中提到：“蔷薇红色，大食国为花露。五代时，藩使蒲河散以十五瓶效贡，厥后罕有至者。今则采茉莉为之，然其水多伪，试之当用琉璃瓶盛之，翻摇数四，其泡周上下为真”。

《全芳备祖》是一部大型植物专题类书，被农学界誉为第一部植物学辞典。全书27万多字，分类收集花卉植物资料，因其规模较大而成为同类著作中的集成之作，具有鲜明的文献学和植物学价值。这部植物学辞典的记载表明，早在五代时期，茉莉就开始替代蔷薇作为熏香的原料，且技术已臻成熟。

明清时期还盛行将茉莉花制成花露，类似今天的香熏精油。周嘉胄《香乘》里提到一种合香之法，即从芳香花草中提取的香露（香水）浸香材，制法简单。也可以直接将香花加工后焚烧，例如“逗情香”，配方全部是用香花组成，包括“牡丹、玫瑰、秦馨、茉莉、莲花、辛夷、桂花、木香、梅花、兰花”，此10种花全部阴干，去心蒂，用花瓣，唯辛夷用蒸尖，一起研为末，用苏合油调和，焚之与诸香有异。

制酒

茉莉不但能用作装饰、化妆品或是熏香之用，其香味对于酿好酒来说亦是不可缺少的元素之一。明代冯梦桢在《快雪堂漫录》中完整记录了以茉莉的香气物质制作茉莉酒的过程：“茉莉酒，用三白酒或雪酒色味佳者，不满瓶上一二三寸编竹为十字或井字，障瓶口不令有余，不足新摘茉莉数十朵，线系其蒂悬竹下，离酒一指许，用指封固，旬日香透矣。”

取色味俱佳的上等白酒灌入瓶内，上留空隙寸，以竹丝编成“十”字或“井”字形物，撑架于酒上，将新采摘的茉莉花几十朵，用线系住花蒂，使其悬挂放撑架物下，离酒面约一横指，用纸密封，经十余天，则酒味芳香可口。此法也被明末方以智的《物理小识》收录，“香酒法：作格悬系茉莉于瓶口，离酒一指许，纸封之，旬日香彻矣，暹罗以香熏虹如漆而酒。”

从现代酒的分类来看，茉莉酒是属于低度酒精的白酒，即中国传统的蒸馏酒。梳理中国古代与酒相关的文献可以发现，白酒的文字记录是在唐代，而且当时白酒的“白”就是为了区别黄酒的黄、药酒的褐，也就是类似今日酒酿汁的白，即乳白、米浆白。宋元时期中国已经有了蒸馏酒，即现在的白酒，清澈无色。纯正白酒是以谷物及薯类等富含淀粉的作物为原料，经过糖化、发酵、蒸馏制成，酒精度一般在40度以上，目前也有40度以下的低度酒，与此同时，在此基础之上开始加入各种适合的花卉来进行酒的酿造，从而丰富酒的品种。

茉莉酒之所以如此盛行，其实也是由于茉莉酒自身酒精度低、香味醇厚，具有十分典雅的品性，符合中国传统的酒道，即符合人们在饮酒之时产生的各种心理、情绪、意念、主张、行为，符合儒家之道。中国古代酒道的根本要求就是“中和”二字。“未发，谓之中”，即是对酒无嗜饮，也就是庄子的“无累”，无所贪恋，无所嗜求。“无累则正平”，无酒不思酒，有酒不贪酒。“发而皆中节”，有酒，可饮，亦能饮，但饮而不过，饮而不贪，饮似若未饮，绝不及乱，故谓之“和”。和，是平和谐调，不偏不倚，无过无不及。也就是说，酒要饮到不影响身心、不影响正常生活和思维规范的程度最好，要以不产生消极不良的身心影响与后果为度。对酒道的理解，就不仅是着眼于既饮而后的效果，而是贯串于酒事的自始至终。“庶民以为欢，君子以为礼”，合乎“礼”，就是酒道的基本原则。

同时，饮用茉莉酒亦能表达对尊者、长者之敬，对客人之敬。儒家思想是悦敬朋友的，孔子就曾说过：“有朋自远方来，不亦乐乎!”以美酒表达悦敬并请客人先饮（或与客同饮，但不得先客人而饮）是极其恰当的，表现了中华民族尊老、爱幼、敬友的文化与心理传统，具有礼让、谦恭、尊敬的文化象征意义。另外，茉莉酒因其低度数，不容易醉，故而可以敬酒，亦不会遭到拒绝，并能遂个人之所愿，尽各人之所能，而达到“尽其欢”的效果。茉莉酒无论是聚饮的示敬、贺庆、联谊，还是独酌的悦性，都可以使得人们不贪杯、不耽酒，仍是传统的“中和”，是为酒中之君子。这样具有代表古“礼”传统酒道的上佳饮品，难怪在明清时期得以盛行。

做汤

宋代以花卉制成的汤品很多，有橘汤、暗香（梅花）汤、天香（桂花）汤、茉莉汤、橙汤、柏叶汤等。茉莉汤为其中一种，是兼具药用和饮用双重功能的饮品。

明代著名养生家高濂的《遵生八笺》中记载了茉莉汤的制作方法，先将蜂蜜涂在碗盖的中心，然后用涂满蜜的碗盖住摘取于凌晨的茉莉花，让蜂蜜吸收茉莉花的香气，一直持续到午后，除去茉莉花，用这样的碗喝汤，甚为香甜。

还有一种制法出自清康熙年间的《御定佩文斋广群芳谱》：“茉莉汤用蜜一两重，甘草一分，生姜自然汁一滴，同研，令极匀，调涂在椀中心，抹匀，不令洋流。每于凌晨采摘茉莉花三十朵，将放药椀，盖其花，取香气薰之，午间乃可以点用。”汤中除了蜂蜜之外，还要用上甘草、生姜等。

此外，《遵生八笺·饮馔服食笺》中还有“茉莉花、嫩叶采摘洗净，同豆腐熝食，绝品”的记载，说明茉莉的花和叶子都是可以进行食用的。茉莉花、叶在医学上来说是具有清凉解表的功效，可用于治疗外感发热、腹胀腹泻，并且可以与豆腐一起进行炖食，味道鲜美。

茉莉汤可视为士大夫阶层的饮食习惯，那么为什么会出现以花入肴馔的情形呢？究其原因，自秦汉魏晋南北朝以后，中国的士大夫阶层开始由春秋战国时期的贵族沿袭传承变成向社会精英组合的历史性转变。自汉武帝“罢黜百家，独尊儒术”之后，儒学和儒家思想逐渐成为整个社会的主导意识形态与民族历史主流思想。儒家始终提倡“以天下为己任”，以“修身、齐家、治国、平天下”为人生准则，“学而优则仕”是作为个人理想的基本追求，由此要求士大夫阶层更多关注国家大事或是个人的操守，却不允许去关心个人的生活领域或是物质层面，否则会被认为其德行操守是有问题的，会被舆论谴责，甚至会遭到言官的弹劾而丢掉政治前途。这样的情形大致延续到唐代，虽然唐代已有所转变，但根深蒂固的理念依然占据着上风，即便是轻松的欢宴场合，更多的亦是畅谈志向、抱负、学问乃至仕途，饮食或是美酒仅仅是一种载体，花亦如此，所以此时情感的宣泄远大于对于饮食的精致追求。

宋以后士大夫的生活态度发生了明显变化，随着寒门或是社会底层的读书人越来越多，跻身官场的机会较之以前相对减少，加之两宋时期不断动荡的政治环境，使得读书人开始越来越关注自我的内心世界，从而开始追求生活上的精致，以此来寄托隐忍的政治态度和旷荡超脱的人生理想，饮食生活也变成了士大夫的热门话题。

元代以士大夫阶层为首的知识分子精英逐渐产生疏远社会的心态趋势，走仕途与追求个人实际人生与思想开始并重。清代，士大夫阶层去政治与离心倾向尤趋严重。许多薄有资产的仕宦书香之家也是艰于食、困于世。于是，文人关心自然物欲人生、讲究饮食艺术的风气更加盛行，形成了有别于贵族和小康之家的士大夫饮食文化。

可见，以茉莉汤为代表的以花卉入肴馔的精致饮食的出现，亦是具有深刻的社会背景的。

16 百汤百味福州菜

福州近内海的水产资源有千余种，是全国三大海水养殖城市之一。丰富的水产资源造就了福州特色鲜明的滨海饮食风格。名菜如佛跳墙、淡糟香螺片、鸡汤汆海蚌、白炒鲜竹蛏，名小吃如鱼丸、蛎饼、鼎边糊，都是具有当地特色的传统佳肴，当然也是外地人到福州必吃的美食。所以一到福州，就兴致勃勃与小师妹一起直奔聚春园，去吃我心中的福州首席名菜佛跳墙……

姚伟钧先生在“中华文化元素丛书”之《饮食》一书中记录了两则流传于民间的《口味歌》。

其一：

南味甜北味咸，东菜辣西菜酸。

南爱米北喜面，沿海常食海鲜。

辣味广为接受，麻味独钟四川。

劳力者重肥厚，劳心者轻咸甜。

少者香脆刺激，老者烂嫩松软。

秋冬偏于浓厚，春夏偏于清淡。

悉心体察规律，尊客随机应变。

其二：

安徽甜，湖北咸，福建浙江咸又甜；

宁夏河南陕甘青，又辣又甜外加咸。

山西醋，山东盐，东北三省咸带酸。

黔赣两湘辣子蒜，又辣又麻数四川。

广东鲜，江苏淡，少数民族不一般。

因人而异多实践，巧调能如百人愿。

《口味歌》提炼了全国各地的不同风味，从中可以大致了解到不同地区的口味特点，有一定的普适性，背下来能或多或少增加一些点菜技能值。

中国饮食文化深不可测，不仅是不同省区口味不同，其实每个城市都有自己的味道。比如我的老家沈阳是烧烤味儿的，第二故乡南京是鸭子味儿的，差点成为第三故乡的东莞是烧鹅濑味儿的……十几年前，刚到福州工作的小胡同学兴奋地描述，福州的行道树都是杧果树，夏天满树的杧果，街边也有很多卖杧果的小商贩，每颗杧果都是沉甸甸的，特别香甜。隔着电话我都能闻到杧果的味道。我一直认为，福州应该是杧果味儿的。后来在某本书上看到“坛启荤香飘四邻，佛闻弃禅跳墙来”的描写，顷刻间对福州肃然起敬，觉得福州的味道真是深不可测，有朝一日定要尝尝！

福州位于福建省的中东部，地处闽江下游，东濒东海，与南平、三明、宁德、莆田毗邻，属河口盆地地貌，四周被群山环抱，福州平原是福建省的第二大平原。海域面积10573平方千米，海岸线总长1137千米，占福建省海岸线总长的1/3，拥有众多岛屿和全省第一大天然淡水湖。

得江海交汇之利，福州的水产资源极为丰富。明代周二亮在《闽小记》中记载的江瑶柱、西施舌（指蛤、蚌之类）、墨鱼、鲟鱼等，均是当地名产。清代福建海洋渔业和淡水渔业发展更为迅速，据统计，清代福建沿海24个县中，以渔业为主的县就有17个。

20世纪80年代以来，福州远洋渔业不断发展，如今已拥有作业门类齐全的捕捞渔船和远洋冷冻运输辅助渔船，远洋渔船的航迹遍及三大洋及20多个国家专属经济区，马来西亚、印度尼西亚、泰国、菲律宾、新加坡、西非等国家和地区建立了6个远洋渔业捕捞配套基地、5个境外水产养殖基地。福州马尾港已成为全国远洋渔获物的重要集散地，福州也初步形成了集捕捞、运输、加工、养殖、销售于一体的海外渔业发展体系，并于2012年被授予“中国纯天然远洋捕捞产品产销基地”称号。

福州近内海的水产资源有千余种，是全国三大海水养殖城市之一。丰富的水产资源造就了福州特色鲜明的滨海饮食风格。名菜如佛跳墙、

滩涂养殖（许坚勇摄）

淡糟香螺片、鸡汤汆海蚌、白炒鲜竹蛏，名小吃如鱼丸、蛎饼、鼎边糊，都是具有当地特色的传统佳肴，当然也是外地人到福州必吃的美食。所以一到福州，就兴致勃勃与小师妹一起直奔聚春园，去吃我心中的福州首席名菜佛跳墙。

佛跳墙，原名“福寿全”，是将多种山海珍品放入一个有盖的瓷罐中烩制而成。宋代陈元靓在《事林广记》中就有记载，清末由“聚春园”的创办者郑春发推广流传。

关于“佛跳墙”的由来，美食家逯耀东先生在《肚大能容：中国饮食文化散记》中记录了几种说法。一种说法是庙里的小和尚偷吃肉被老和尚发现，情急之下抱着肉坛子跳墙而出。另一种说法是乞丐将沿街讨得的残肴剩羹加上剩酒混在一起，放在破瓦罐中当街回烧，四散的菜香启发了一家饭馆老板，遂创制此菜。还有一种说法是新媳妇下厨丢了母亲给的烹调方子，情急之下将所有材料置于酒坛中，上覆荷叶扎口，文火慢炖，阴差阳错成就此菜。

传说之外，比较靠谱儿的说法是此菜创于清光绪二年（1876年），当时福州官钱局的官员在家宴请福建布政司周莲。官员夫人是绍兴籍人，擅长烹饪，她将鸡、鸭、羊肉、猪肚和数种海产品一同盛于绍兴酒坛内煨制，香气四溢，周莲尝后赞不绝口，于是便让家中掌厨郑春发如法调制。郑春发登

聚春园佛跳墙（许坚勇摄）

门虚心求教，后在用料上加以改进，增添了一些海鲜珍品，减少了家禽肉类的用量，同时改进了加工方法，使这道菜的味道更佳。1900年郑春发入股“三友斋”，1905年更名“聚春园”，将此菜作为特色菜供应。一日，一群文人墨客慕名而来，郑春发端上此菜，开坛启盖之际顿觉满堂荤香，吃起来更是美味异常。在闻香陶醉之际，有人吟出“坛启荤香飘四邻，佛闻弃禅跳墙来”之句。“福寿全”因而更名“佛跳墙”。

如今，聚春园的“佛跳墙”主料有鱼翅、鱼肚、鲍鱼、刺参、干贝、蹄花、花菇等山珍海味18种，并配以10余种调料煨制，鲜香浓郁，软嫩爽口。这道菜曾获得国家商业部的“金鼎”奖，聚春园佛跳墙制作技艺也于2008年经国务院批准列入第二批国家级非物质文化遗产名录。

虽然聚春园的佛跳墙价格比较高，但是福州小吃的价位却是相当的

老街风光一（许坚勇摄）

老街风光二（许坚勇摄）

平易近人。在众多小吃当中，印象最深刻的就是鱼丸了，因为我始终不能理解，鱼丸里为什么会有肉馅。福州鱼丸是用鳗鱼肉、鲨鱼肉或其他鱼肉剁成蓉，加入甘薯粉拌匀做皮，再包上猪瘦肉或虾肉等馅料制成。因为有馅，所以体积比常见的涮火锅用的鱼丸要大，色泽白嫩，看起来很像汤圆。鱼丸煮熟后配以高汤，浮于汤面，形似满天星斗，称“七星鱼丸汤”，是福州名汤之一。

说到汤，我又不能理解了。在我的老家，基本都是菜点到最后，象征性地加一道汤，通常是番茄蛋汤、紫菜蛋汤之类。所以当我第一次听说福建的十道菜有八九道是汤时，感觉非常不真实。后来终于有机会向当地人求证，得到了一本正经的答案：怎么可能有八九道汤，只有六七道!

闽菜素有“无汤不行”之说，汤是闽菜的精髓，用料、调汤都非常讲究，善于变化，有“一汤多变”的效果。福州菜善于以汤保味，汤菜品种多达2000余种。这样看来，一桌菜有六七道是汤，也算正常吧。

除了鲜明的滨海饮食特色，福州菜还具有深厚的地方文化底蕴。比如鼎边糊就有这样的传说：汉武帝伐闽越时，闽越王郢之弟余善趁机发动政变，郢的部将逃至仓山下渡，当地居民煮鼎边糊给他们吃。部将怕连累百姓，于是在下渡二块石（今三叉街）自刎。百姓感念其恩德，敬以为神，煮鼎边糊

鱼丸汤（许坚勇摄）

祭之。鼎边糊是用蚬子在锅里熬成汤，再将磨好的米浆沿着锅边均匀浇一圈，待米浆烘干后，铲刮到汤里，再加入香菇、虾皮、葱等配料调味，烧开后即成。鼎边糊细腻爽滑，清香可口，是颇受欢迎的福州早点。

汉武帝在闽越之地设立县治，加强了福建与中原的联系。历经东汉、三国、两晋、南北朝几次大规模的人口迁移，福建获得了来自北方的人口、技术、文化和财富等多方面支持，改变人口稀少局面的同时，也促进了农业技术的发展。例如，在“永嘉南迁”过程中，北方世族大举南下，与土著豪族共同开凿运河、渠道等水利设施。据日本学者中村圭尔统计，六朝时江南地区共修建60余处较大规模的水利工程。至南宋时，南方四省（江苏、浙江、江西、福建）的水利项目总和达到北方四省（陕西、河南、山西、直隶）的14.8倍。福州的水网体系也在此时形成。

农业技术和经济文化的发展进一步丰富了福州的饮食。据成书于宋淳熙年间的《三山志》记载，当时福州地区居民主食的稻米品种就多达27种。除了水稻生产，麦、黍、粟等多种杂粮作物也成为重要的粮食补充。

梁克家在《三山志》中还记录了荔枝、甘蔗、橄榄、龙眼、柑柚等近30种水果。福州橄榄早在唐代就被列为贡品，据说新鲜橄榄滋味苦涩，但回味清香甘甜，所以又名“忠果”“谏果”，有忠臣苦谏之意。福州人可以把橄榄做成各种口味，甜的、烤的、五香的、糟的、原味的。橄榄止渴生津，去腻消食，也可做茶饮。江南地区有种“元宝茶”，其实就是橄榄茶，因为橄榄状似元宝，有吉祥之意。橄榄茶在宋时已见记载，如陆游《初湖村杂题》“寒泉自换菖蒲水，活火闲煎橄榄茶”，以及《坐戏咏》“贮药葫芦二寸黄，煎茶橄榄一瓯香”。制作方法为，“橄榄数枚，木槌敲碎（铁敲黑锈并刀醒）同茶入小砂壶，注滚水，盖好，少可（衍）停可饮”。旧时茶馆的堂倌会用新鲜的青橄榄为老茶客冲泡一杯元宝茶，寓意恭喜发财、招财进宝。也有奉茶时直接送上一小包青橄榄，或在翻转的茶壶盖上加放两枚青橄榄，表示“敬元宝”“送元宝”，同样有恭喜发财、财运亨通之意。除了种仁可以食用之外，福州橄榄也能榨油，但不是烹调用的橄榄油，而是用于制肥皂或是作为润滑油。福州橄榄属于橄榄科，拉丁名Canarium album (Lour.) Raeusch.原产中国南方，而用于制作橄榄油的橄榄属于木樨科，拉丁名Olea europaeaL，主要分布于西班牙、意大利、希腊、突尼斯、土耳其、摩洛哥等地中海沿岸国家，是不同科的两种植物。

明代以来，福州渐成中国与琉球往来的枢纽。明洪武二十五年（1392年），明太祖颁令，赐琉球“闽人三十六姓善操舟者，令往来朝贡”。闽人三十六姓移居琉球，为琉球国提供了优秀的航海造船人员，

梯田系统（许坚勇摄）

稻穗（许坚勇摄）

同时也促进了琉球的对外交往。郑和舰队也选择福州长乐市太平港作为停泊基地，进行物资采办、招募水手，这在客观上促进了福州港与东南亚、南亚等地的贸易。明成化年间，福建市舶司从泉州移至福建的政治和军事中心福州，福州在海外贸易中逐渐显现突出地位，成为全国首屈一指的港口。在此期间，福州与琉球的贸易往来也出现了新的高潮。《明实录》记载，从成化至嘉靖末年的100年中，琉球入明朝贡达78次，福州港的活跃程度可见一斑。

随着经济贸易的进一步发展，明嘉靖年间福州府的倭患十分严重，戚继光曾两度入闽平定倭寇，相传福州的光饼就与戚继光有关。据说戚继光入闽歼敌，为方便行军，以面粉制成圆饼，中打一孔，串挂在将士身上。福州人民为纪念戚家军的功绩，称之为“光饼”或“征东饼”。

清代福州一直是中国海洋贸易中心之一，特别是鸦片战争之后，福州作为“五口”之一正式开埠，对外贸易迅速发展。据统计当时有17个国家在福州设领事馆，泛船浦成为世界最大的茶叶港口，在世界茶叶贸易中占有突出地位，马尾罗星塔在世界航海图志上被命名为中国塔，当时福州茶、福州塔成为中国重要标志。

1895年世界第一张体育邮票诞生于福州。这张福州龙舟赛邮票由英国征集图案，西班牙人棉嘉义设计入选，背景为福州满载茶叶的船和鼓岭，代表西方国家人眼中的中国“龙舟、茶叶、茶船和福州”，这套邮票短短一年半的时间发行两版12张，共10万枚，可见茶叶贸易之兴盛。

在农业开发和农业商品经济发展的过程中，福州成为福建商品的集散中心，同时还通过陆上丝绸之路与海上丝绸之路引入了烟叶、花生、番薯、玉米等大量域外作物，既丰富了经济作物品种，又更新了当地的粮食作物结构。闽菜别具一格的饮食体系也逐渐成熟，跻身我国八大菜系之一。

作为闽菜的一大主流，福州菜兼具闽菜精髓和地方特色，概括起来主要有以下几个特征。

第一，刀工精湛，细腻精致。要求切丝如发，切片如纸，而且造型要富于美感。比如“淡糟香螺片”，仅有红枣大小的黄螺肉被切得像纸片一样薄、一样均匀。再如“荔枝肉”，需将猪瘦肉剞上十字花刀，切成斜形块，要确保剞的深度、宽度均匀恰当，这样炸了之后才能卷缩成荔枝的形状。“龙身凤尾虾”以鲜对虾为主料，刀工独特，成菜后虾肉玲珑剔透，宛如白玉，身似龙，尾似凤，故有“龙身凤尾虾”之名。名菜“佛跳墙”更是把20多种山珍海味放在绍兴酒坛中用文火煨制而成，选料精良，火候精确，色香味形均无可挑剔，是福州菜的代表作。

第二，口味酸甜，糟香独特。福州菜惯用虾油、红糟、黄酒等调味，用胡椒、花生酱等提味留香，用糖、醋、姜等除腥膻。与川菜、湘菜等多用辣椒不同，福州菜注重清淡、鲜香，甜而不腻、酸而不涩、淡而不薄。特别是用红曲、糯米酿造而成的红糟，具有浓郁的酒香和鲜艳的颜色，肉类、海鲜、蔬菜均可用其调味，极具闽菜特色。

第三，无汤不行，百汤百味。汤是闽菜的精髓，福州菜同样重视汤的烹制，擅长用不同物产相互配比，巧妙制汤，既能用汤保持食材的原汁原味，又能使原汤变化出无数美味。福州汤菜品种众多，味型丰富，有百汤百味之说。

其实福州的大菜我并没有尝过几道，但是对福州小吃的印象却极为深刻。还记得以前从南京到福州，火车20多个小时，从入江西境就开始行进在群山之中，隧道一个接着一个，窗外闪过新奇的红色土壤，很潮湿，像刚刚染过色。被小胡同学带去吃线面，以为她是故意饿着我，这细细的一小碗能叫面吗？那个带馅的鱼丸，是怎么做成的？还有肉

老街风光三（许坚勇摄）

肝膽春秋

老街风光四（许坚勇摄）

燕，肉做的皮包裹肉做的馅，不嫌费劲吗？……

年轻时总喜欢把新事物与熟悉的东西比较，非要找出异同，排出名次。成熟一些才慢慢理解，每一种相同或不同都有其形成的原因。口味也是如此，不同地形地貌、不同气候、不同物产、不同历史背景、不同民族文化，自然产生不同口味，而在这些不同之中，又总会藏着某些相同。同与不同，平心体验就好。

调研结束准备返程，中午吃完鱼丸、肉燕、芋泥、线面、拌面再打包1份，5小时高铁之后刚好回南京当晚餐。

Agricultural
Heritage

17 临水夫人与临水茗

传说为化解八闽危难，临水夫人勇闯南天门，跪拜三天三夜祈求玉皇大帝拯救八闽百姓，终于求来了天宫珍稀茉莉品种——单瓣茉莉。当百花仙子在闽江上空将单瓣茉莉花撒向大地后，闽江两岸很快便开满了洁白的茉莉花。临水夫人托梦给一对茶农夫妇，启示他们如何用茉莉花窨制绿茶，制成茉莉花茶来祛病除灾，解救身患疫病的百姓……

出生于福建省古田县的著名民族学家、人类学家林耀华先生在《金翼》一书中有这样一段描写："三哥在出生仪式时，总是扮演着父亲的角色，他首先回到镇里的庙里，拜过'圣母娘娘'以后，便捧着燃着香枝的香炉回去了，途中他撑着一把伞，遮着香炉，活像真有圣母娘娘坐在那里一样……当圣母娘娘的香炉一到，小婴儿也降生到这世界开始哇哇大哭。"文中提到的"圣母娘娘"，就是在福建乃至更广泛的华人信仰中家喻户晓的平安女神，人们都称她为"临水夫人"。

临水夫人原名陈靖姑，生于唐朝末年，是福州仓山下渡人。相传，福州下渡尾有一户陈姓人家，丈夫名叫陈昌，妻葛氏，他们久未生育，于是就去鼓山喝水岩观音菩萨前求子。观音菩萨不小心掉落了一根头发到闽江中，头发变成一条白蛇游走了。观音菩萨料定这条白蛇会祸害人间，就赶紧咬破手指，滴血化作一颗又红又大的杨梅，杨梅顺水漂到下渡尾，被正在江边洗菜的葛氏顺手捞起来吃了，之后葛氏便有了身孕。第二年，葛氏生下一女，临盆时异香满室，取名靖姑。

靖姑自幼聪慧，机敏过人，而且一心要去学法，于是前往闾山，拜许真君为师，学得呼风唤雨、移山倒海、斩妖除魔、退病除瘟等法术，但靖姑以尚未出嫁为由，拒绝学习护胎救产法。学成之后，靖姑归乡为民造福，后因斩杀白蛇精，并复活闽王王后与宫娥，被闽王封为"临水夫人"。

在她24岁那年，福建大旱，已身怀六甲的陈靖姑脱胎施法为民祈雨，却因当年未学救产之术，不能自救而被害仙逝。临死前她发愿，"若不能替天下人救产保胎不做神明"。她魂归法门后，又到闾山重修护产保婴之术。学成后屡屡救生护产，成为主佑驱邪、助产的平安女神。因其功德无量，有求必应，广为民间传颂与崇拜。南宋淳祐元年被敕封为"崇福昭惠慈济夫人"，此后历朝又受多次加封，有"顺天圣母”“临水陈太后”“天仙圣母”等封号。

临水夫人信仰经历了千年发展，民间对她的称呼更多，包括“顺懿夫人”“圣母娘娘”“注生娘娘”等尊称，也有“陈太后”“大奶夫人”“陈夫人”等俗称。至今，她依然是闽都大地的妇幼保护神，关于她的传说也依然被世人津津乐道。其中，临水茗的由来就缘于临水夫人。

明朝，福建发生大规模瘟疫，临水夫人奋力施法，但疫情仍不断蔓延。为化解八闽危难，临水夫人勇闯南天门，跪拜三天三夜祈求玉皇大帝拯救八闽百姓，终于求来了天宫珍稀茉莉品种——单瓣茉莉。当百花仙子在闽江上空将单瓣茉莉花撒向大地后，闽江两岸很快便开满了洁白的茉莉花。临水夫人托梦给一对茶农夫妇，启示他们如何用茉莉花窨制绿茶，制成茉莉花茶来祛病除灾，解救身患疫病的百姓。疫情很快得到控制，闽都百姓感恩于临水夫人所赐的茉莉花茶，于是将其称为“临水茗”，福州独有的单瓣茉莉品种也被称为“临水茉莉”。

近年来，为了弘扬福州茉莉花茶文化，茉莉花开采时，会按照传统的“请龙泉圣水”习俗，在仓山陈靖姑故居举办“临水茉莉开采仪式”。众人祭拜后，从陈靖姑故居的千年古井中取水，将泉水洒向茉莉花田，纪念为八闽民众化解危难的临水夫人，同时启动新一年的茉莉花开采。

18 是繁荣发展，还是正在复兴

茉莉花与茶的种植过程劳动强度大，投入也相对较高，但收益却较低，因此花农、茶农的从业积极性较低，而且普遍呈现老龄化现象。据抽样调查统计，目前茉莉花与茶的种植者中，55岁以上的占68.3%，而25～34岁的仅占4.9%，严重威胁着福州茉莉花与茶文化系统的可持续发展……

2008年1月，中华人民共和国国家工商行政管理总局商标局对福州茉莉花茶核发“国际地理标志证明商标”。

2009年9月，中华人民共和国国家质量监督检验检疫总局批准对福州茉莉花茶实施“国家地理标志产品保护”。

2009年11月，中华人民共和国农业部通过对福州茉莉花茶实施“国家农产品地理标志保护”。

2010年，福建省颁布实施了地方标准《地理标志产品·福州茉莉花茶》。

2011年，国际茶叶委员会授予福州“世界茉莉花茶发源地”称号。

2012年，国际茶叶委员会授予福州茉莉花茶“世界名茶”称号。

2013年，中华人民共和国农业部将福州茉莉花种植与茶文化系统列为首批“中国重要农业文化遗产”保护项目。

2014年8月，中华人民共和国文化部将福州茉莉花茶列为国家非物质文化遗产保护项目。

2014年，联合国粮农组织将福州茉莉花与茶文化系统列为“全球重要农业文化遗产”保护项目。

以上所列都是近10年来福州和福州茉莉花茶获得的国家级和世界级殊荣。特别是入选中国重要农业文化遗产保护项目以来，福州茉莉花茶又一次成为关注焦点，媒体报道、研究论文、相关著作层出不穷，景象一片欣欣向荣。

从历年的《全国茉莉花茶产销形势分析报告》数据来看，2010年以前，福州茉莉花种植面积在666.7公顷左右，2012年增长至800公顷。2014年福州市通过实施“以花带茶，以茶促农，花茶兴业”的发展战略措施，促进茉莉花茶产业逐步转型升级，带动花农、茶农10万多人，人均收入1万多元，茉莉花产业逐步恢复。据中国茶叶流通协会统计，至

2015年，福州茉莉花种植面积保持在1200公顷以上。

近年来，福州茶业发展也呈喜人之势，茶叶种植面积、茶叶产量稳步升高，茶叶生产也向着高优、高价值方向发展。2015年福州茶叶种植面积已达10551公顷，年产茶叶2.75万吨。

2006—2015 年福州茶叶种植面积和茶叶产量

年份	种植面积/公顷	产量/吨
2006	8133	12008
2007	8315	13143
2008	8895	15011
2009	8933	15537
2010	9179	16578
2011	9562	18168
2012	9794	19535
2013	10485	21934
2014	10754	24803
2015	10551	27461

资料来源：
《福州统计年鉴》。

福州茉莉花茶有严格的地理标志地域保护范围和加工标准。地理标志地域保护范围为福建省福州市仓山区、马尾区、晋安区、福清市、长乐市、闽侯县、闽清县、罗源县、连江县、永泰县10个县（市）区。地理坐标介于东经118° 08'～120° 31'、北纬25° 15'～26° 29'。总保护面积约1.5万公顷，总生产面积约2000公顷。

2015年，福州茉莉花茶产量为0.81万吨，花茶总产值达22.5亿元。

在2017中国茶叶区域公用品牌价值评估中，福州茉莉花茶品牌价值达30.36亿元，跻身2017中国茶叶区域公用品牌价值六强。可见福州茉莉花茶的众多荣誉不仅提升了自身的影响力，而且也为当地带来了可观的经济效益和社会效益。

目前国家质量监督检验检疫总局核准企业达27家：福州春伦茶业有限公司、福州满堂香生态农业有限公司、福州市城门敖峰闽榕茶厂、福州福民茶叶有限公司、福建省福州茶厂、福州闽瑞茶业有限公司、福州市城门榕城茶厂、福建省闽侯县永隆茶叶有限公司、福建省闽侯县青口东台茶厂、福建省闽侯县冠茗茶叶有限公司、福建省连江县官坂白鹤花茶精制厂、福建省连江县长龙天峰绿茶厂、福州市城门胜发茶厂、福建省闽侯县青口青梅制茶厂、福建省闽侯天元茶业有限公司、福州龙威茶业有限公司、福建省永泰县一明茶业有限公司、福建省蓝湖食品有限公司、福建茶叶进出口有限责任公司福兴茶叶加工厂、福建省罗源县威远腾达工贸有限公司、福州绿茗茶业有限公司、福州南仙茶品有限公司、福州鼎寿茶业有限公司、福州东升茶厂、福州市仓山区海西茶厂、福州市明前茶业有限公司、福州绿谷茶业有限公司。

在外销方面，茉莉花茶作为特种茶，一直是我国茶叶出口的传统品种，远销俄罗斯、欧盟、日本、美国以及东南亚，在国际市场上的口碑一直很好。据海关统计，2015年中国茶叶出口总量为32.5万吨，出口总金额为13.8亿美元。其中花茶出口量为0.6045万吨，占总数的1.9%，同比上升4.5%；出口额0.51亿美元，占总数的3.7%，同比上升8.6%；销售均价为8.47美元/千克，同比上升3.9%。花茶出口销售均价保持连年增长，2011—2013年涨幅均在10%以上，近两年增幅放缓，但仍保持增长态势。

单从所获荣誉与本地数据来看，福州茉莉花茶和茶产业的发展可以算是相当成功，但是如果比较全国茉莉花茶的总体数据，我们就会发现其实当前福州茉莉花茶产业仍然处于复兴阶段。目前中国茉莉花的主要加工地除了福州以外，还有广西横县、四川犍为和云南元江。

广西横县自1978年从广东引种开始茉莉花种植，40年来茉莉鲜花产业和茉莉花茶加工已成为横县的支柱产业。据横县花业局统计，2015年全县茉莉花种植面积达到102000亩，开展茉莉花标准化生产8000亩，建立新的茉莉花高产优质示范基地5000亩，完成茉莉花产地示范试点改造10000亩。全年实现茉莉花鲜花产量8万吨，产值11.6亿元。茉莉花茶生产方面，2015年全县茉莉花茶产量6.4万吨，其中70%为外来茶商代加工，产品以中、低端为主，饮料茶原料占有一定比重；横县本地品牌企业以生产中、高端花茶为主，销售价格为120～1000元/千克，全县茉莉花茶产业总产值达35亿元。2015年被国际茶叶委员会授予“世界茉莉花和茉莉花茶生产中心”荣誉称号。横县现有花茶加工企业130多家，其中年销售额2000万元以上的有19家。从事茉莉花精深加工的企业共有10家，包括茉莉花精油生产企业1家、茉莉花浸膏生产企业4家、茉莉花干加工企业5家，鲜花年加工量4000～6000吨，产品主销江浙一带，同时远销欧洲及俄罗斯、韩国等地。

为了进一步促进茉莉花茶的销售，横县建成电子商务产业园，目前横县所有花茶品牌企业全部进驻商务销售中心，有效扩大了“横县茉莉花茶”的品牌宣传和影响力。同时，多家花茶企业通过网络平台销售花茶产品，收效显著。据统计，2016年上半年横县花茶企业网络销售量比2015年增长15%以上。

四川犍为种植茉莉花的历史已有300多年，是国内优质茉莉花茶主产地之一。近年来，犍为县整合各项农业发展资金投入茉莉花产业，大力改善新区美化生产基础设施，鼓励业主流转土地种植茉莉花，并已初见成效。据犍为县农业局统计，截至2015年年底，茉莉花种植面积为3.9万亩，观赏性（盆景）茉莉花面积近千亩，全县茉莉花产量达1.23万吨，创历史纪录，鲜花价格为24.3元/千克，略高于横县和元江，鲜花产值达2.99亿元。茉莉花茶加工仍以四川茶商为主，主要生产中、高档名优花茶，2015年犍为茉莉花茶产量约0.63万吨左右，产值近10亿元。

云南元江自1998年从横县引种，开始茉莉花种植，并将茉莉花作为全县的一项农业后续产业加以培植。元江热坝区属于干热河谷，昼夜温差小、日照充足，是全国茉莉花开花最早、花期最长、花蕾产量最高的区域。经过20年的发展，目前全县的茉莉花种植面积基本稳定在0.78万亩左右，产量约0.5万吨，茉莉鲜花产值约0.72亿元。全县有茉莉花种植户2830户，近6000人从事茉莉花种植、采摘、加工等工作，有岳氏茶厂、南疆茶厂、新和茶厂、宏欣茶厂等10余家企业从事茉莉花鲜花加工。2015年全县茉莉花茶产量保持在0.55万吨左右，花茶产值0.82万元，保持稳定。随着茉莉花市场需求不断扩大，元江茉莉花已成为劳动密集型、土地节约型产业，由于产值高、周期短，形成了农业持续增效、花农增收、农村增绿和特色生态旅游的产业链。

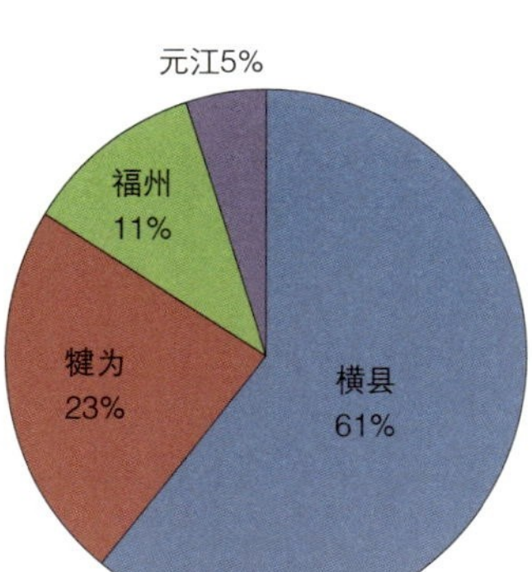

2015 年重点产区茉莉花种植面积比重图

茉莉花茶产量比较：2015年，福州茉莉花茶产量为0.81万吨，全国茉莉花茶总加工量为8.39万吨，福州茉莉花茶在全国茉莉花茶总产量中所占比重为9.65%，不足1/10。如果全部茶类一起比较，2015年福建茶叶产量35万吨，中国成品茶产量约为176万吨，福州茉莉花茶仅占福建茶叶总产量的2.3%，占中国成品茶总产量比重仅有0.46%。

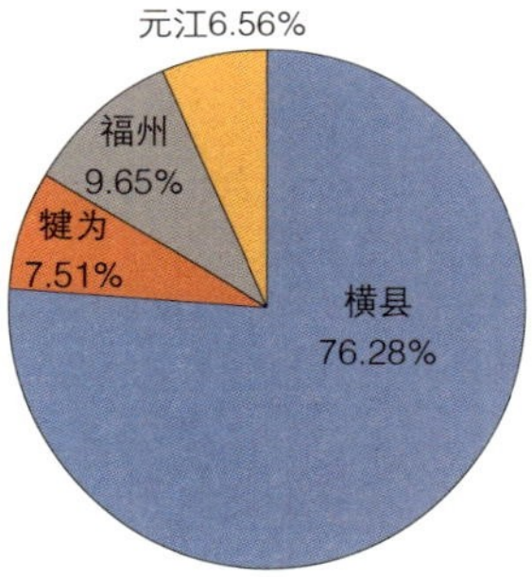

2015 年重点产区茉莉花茶产量比重图

茉莉花茶产值比较：2015年，福州茉莉花茶产值为22.5亿元，全国茉莉花茶总产值近70亿元，福州茉莉花茶占全国茉莉花茶总产值的32.93%。福建茶叶生产总值约200亿元，全国茶叶生产总值为1550亿元。与全省和全国茶叶总产值相比，福州茉莉花茶占福建茶叶总产值的11.3%，占中国成品茶总产值的1.45%。

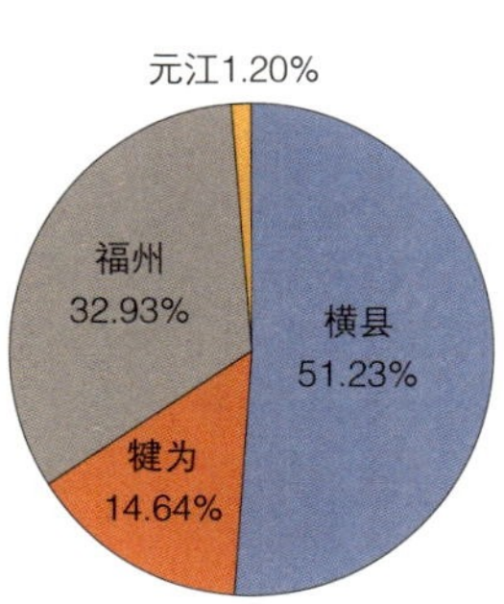

2015 年重点产区茉莉花茶产值比重图

福州虽然是茉莉花茶的发源地，近几年发展迅速，但与其他茉莉花茶主产区比较，无论从种植规模、产量还是加工能力，福州都居第二位甚至第三位，与处于第一位的横县有较大差距。而我们在谈茉莉花茶产业发展如何繁荣，发展速度如何迅猛时，也只是在跟自身做比较，一旦放在全国茶叶产销的大环境中，茉莉花茶的产量和产值都处于下行趋势。中国茶叶流通协会的统计数据表明，2010—2014年，茉莉花茶在全茶类中的产量占比从7.4%下降至5.1%，产值占比从1.8%下降至1.1%。

再从各茶类的销售比重来看，2015年全国茶叶销售总量为176万吨，各茶类内销市场份额较往年变动不大，绿茶比重依然最大，占市场总量的53%；然后是乌龙茶，占总量的12%；红茶约占9%；黑茶约占8%；茉莉花茶与普洱茶数据接近，均约占总量的5%；产地集中的白茶和极小品种的黄茶占比分别为1%和0.5%；其他茶类占6.5%。

茉莉花茶仅能占到国内市场茶叶销售份额的5%。虽然这一比重要高于白茶的1%，但是茉莉花茶的利润比白茶低得多，而且由于市场对茶坯需求的竞争导致茶坯价格升高，所以很多原本生产茉莉花茶的企业将主要精力转移至加工生产其他利润较高的茶类，进一步减少了茉莉花茶份额。

其实这些情况在福州的茉莉花茶一条街上有着直观反映。2011年，“福州茉莉花茶一条街”揭牌，标志着国内首个茉莉花茶专业市场正式开设。据新闻报道称，当时就已经有20多家福州茉莉花茶专售店入驻花茶专区了，另外还有10余家综合茶叶店出售茉莉花茶。这条“花街”正位于曾经的泛船浦茶叶港口附近，也许是想连接历史与未来，重塑世界最大的茶叶港口的辉煌。然而如今6年过去了，这条街上寥寥几家茶叶店穿插在杂货铺、小吃店和房产公司之间，完全不是想象中茶店林立，茶商、茶客穿梭其中的繁忙景象，远不如旁边的农贸市场热闹。

一家专营茉莉花茶的店主告诉我们，在本地制作大批量茉莉花茶需要有自己的茉莉花种植基地，只有几家大型茶厂才有这样的能力，而大多小茶厂只是从本地收来茶青，然后把茶青发往广西，在广西收茉莉花制成茉莉花茶之后，再发回福州销售。很多小茶厂的创办者都是从倒闭的大茶厂中出来的老制茶师傅，经验丰富，能够保证福州茉莉花茶的传统风味和品质，但因为种植茉莉花的花农都已经很少了，无法在本地窨制，始终还是收不到可以制作大批花茶的茉莉鲜花原料。

茉莉花与茶的种植过程劳动强度大，投入也相对较高，但收益却较低，因此花农、茶农的从业积极性较低，而且普遍呈现老龄化现象。据抽样调查统计，目前茉莉花与茶的种植者中，55岁以上的占68.3%，而25～34岁的仅占4.9%，严重威胁着福州茉莉花与茶文化系统的可持续发展。

茉莉花茶的消费市场也存在一定局限。消费茉莉花茶的，大部分都是北方人。据统计，每年全国茉莉花茶内销量的70%以上销往长江以北地区，包括北京、济南、石家庄、沈阳、哈尔滨、西安、成都、重庆、武汉等地，其余30%则在长江以南市场。在长江以北地区，花茶销量的60%以上集中消费在北京、天津、济南、石家庄等大中型城市，剩余的部分则用于农村市场消费。我国茶叶年消费量最高的几个省区分别是广东、山东、安徽、河南、云南、四川、河北。这些省区中，有些是我国传统茶叶消费大省，比如广东；有些是主要产茶省，而且省内茶叶消费量高，比如安徽、云南、四川。如果比较茶叶消费量最高的地区与茉莉花茶的主要销售区，不难发现重合的省区很少。也就是说，年茶叶消费量居前的省区，茉莉花茶消费量较少，而且茉莉花茶主产区自身对茉莉花茶的消费量也比较少。自己人喝得少，主销的地方喝茶的人（量）少，这个问题解决起来恐怕不太容易。再加上茉莉花茶被贴上了低档茶的标签，而且确实存在缺乏管理、产品质量参差不齐、以次充好等情况，这些因素既阻碍了消费者的信心，同时也制约了茉莉花茶的进一步发展。

好在近年来高档手工茉莉花茶吸引了部分消费人群，而且电商平台等新的销售渠道也为茉莉花茶产业注入了活力。

据中国茶叶流通协会调查显示，当前茉莉花茶整体消费水平正在向中高档品质转移。以济南茶叶市场为例，2009年大众消费级茉莉花茶价格在25元/千克左右，至2013年已涨到50元/千克左右；2013—2015年，价格在300元以上的高档手工茉莉花茶及品牌茉莉花茶的销量呈加速上升趋势，而且价格上千元的手工花茶也在逐步走俏，带动了整个市场的产品均价提升。除了许多知名老字号品牌茉莉花茶受到追捧，一些老福州茉莉花茶也开始走俏，尤其是山东济南的市场，知名茶师制作的传统工艺茉莉花茶，虽价格不菲但仍供不应求。

茉莉花茶的主要消费群体也在逐渐发生变化。原来茉莉花茶主要消费群体大多是年龄在50岁以上的老茶客，近年来随着茉莉花茶加工工艺的改善，宣传推广的增多，产品定位的创新，风味属性更加丰富以及产品更具娱乐性，许多年轻的消费者和女性消费者也加入了消费茉莉花茶的行列。福州街头茶饮店推出的以茉莉花茶为主题的手摇茶、冷泡茶等饮品，因方便快捷、价格合理以及具有一定潮流象征等特性，深受年轻消费者和女性消费者青睐。

关于创新茶产业的发展思路，与福州一衣带水的台湾地区倒是有很多成功经验可以借鉴。有一年暑假我专门调研台北茶产业的发展情况，跑遍了台北的著名茶区，吃遍了各茶区的茶餐，也喝遍了街头的连锁茶饮品牌。印象最深的要数台北长长的茶产业链和丰富的茶产品。台湾民众对茶产品的关注度如此之高，很大程度上就是源于茶产业不断推陈出新。无论制茶技术、饮用方式，还是商品包装、营销手段，台湾茶产业始终遵循着不断创新的发展思路。

为了顺应不同人群的消费需求，台湾茶叶产品一方面保持以干茶贩售的传统形态，另一方面则沿着多元化的方向迅速发展。如品类丰富的罐装饮料茶、无糖茶，以珍珠奶茶为代表的“即饮茶”（或称“手摇茶”）等逐渐成为消费主流，极大提升了茶叶经济效益。近年来常见的“50岚”“绿观音”“茶汤会”等连锁茶店，因简单、新鲜、选择多样而深受青年消费者青睐。有调研数据显示，手摇茶饮消费者以女性居多，以20～49岁的青壮年为主要客户来源，手摇茶饮已经成为台湾年轻人最钟爱的饮品和台湾饮料市场的主导，也已成为台湾街头独具特色的茶文化景观。不仅如此，近年来这一茶饮形式已经开始向其他地区和国家蔓延，可以说，台湾茶产业正在以一种新的形态扩张着它的市场。

创新是茶产业持续发展的重要推动力，也是现代茶产业的发展趋势。创意茶产业有着广阔的销售市场和提升空间，它融合了科技、创新思想、经济、文化等元素，给市场注入了活力，加入更多的创意元素，使茶顺应市场需求，真正实现“继续喝茶五千年”。

其实台湾茶业的兴起要得益于福建茶叶的引种。早在17世纪，台湾已有茶树种植，人们在日常生活中也有饮茶，但此时台湾茶业不成气候。直至19世纪初，福建武夷茶树品种及制茶工艺引入台湾以后，台湾茶业才随之兴盛起来。在此后的百余年间，台湾茶业凭借独特的发展路径，成为享誉世界的优质茶叶产区，同时也积累了丰富的茶业发展经验。在此发展过程中，健全的茶业组织为从业者推动茶产业发展提供了凝聚力和支撑平台。

茶业组织是相关从业者为达到相互联谊、彼此约束、互助合作与业务推广的目的而成立的团体。早在1889年，台湾就创立了茶商业同业公会，名为“茶郊永和兴”（现名为“台北市茶商业同业公会”），即希望会员能够同心共济，杜绝私利，共谋茶业之兴隆。据记载，1885年中法战争后，台茶外销量大幅增长，但因普遍掺杂劣质茶而使品质下降，导致随后几年的外销量遭受影响，“茶郊永和兴”在此背景下成立，可以说是台湾茶业界对贸易自律规范的迫切需求。“茶郊永和兴”成立以后，对茶叶品质的管制、从业者之间的和睦、工人的救济等方面均有显著效果。

台湾重要的茶叶组织还包括台湾区制茶工业同业公会、台湾“中华茶艺联合促进会”、台湾茶协会等。台湾区制茶工业同业公会的业务包括推行茶树保护工作，改进茶叶产制技术，办理国外促销活动和茶叶出口有关业务，以及出版杂志并举办交流活动。台湾“中华茶艺联合促进会”正式成立于1997年，是近年来台湾茶艺活动的主要推动者。台湾茶协会成立于2003年，会员由社会各界人士共同组成，其宗旨是促进台湾茶叶交流发展，提升台湾茶叶产销技术、学术研究及文化水平。茶业组织各司其职，团结茶业各界人士，整合社会各界资源，为台湾茶产业的发展贡献了积极力量。

除了创新发展和茶业组织的协力推动，台湾也极为重视茶产业与茶文化的推广工作，因此几乎每个茶区都有围绕本地茶而建的博物馆或推广中心。例如，以展示文山包种茶为主的坪林茶叶博物馆，以展示铁观音包种茶为主的台北市铁观音包种茶研发推广中心，以展示冻顶乌龙茶为主的鹿谷茶业文化馆，以展示膨风茶为主的北埔膨风茶文化馆等。

以台北茶区为例。台北是台湾茶业的起源之地，连横（1920年）在《台湾通史》中记载：“台北产茶近约百年，嘉庆时，有柯朝者归自福建，始以武彝之茶，植于鳞鱼坑，发育甚佳。既以茶籽二斗播之，收成亦丰，遂互相传植。盖以台北之地多雨，一年可收四季，春夏为盛。”

乌克斯（1949年）所著《茶叶全书》也认为，清嘉庆十五年（1810年），柯朝自福建武夷山引入茶籽，种植于鲽鱼坑（今台北市瑞芳地区，另一说为今石碇枫子林及深坑土库地区）。台北茶区在茶叶品种、加工工艺和饮茶习俗等方面逐渐形成了自己的特色与风格，积淀了丰富多彩的茶文化资源。如今，这些资源被积极整合，以集知识传播、观光休闲、亲身体验为一体的形式面向公众，在茶产业与茶文化的推广方面起到了重要作用。

台北较为著名的茶业宣传推广机构包括坪林茶叶博物馆、台北市铁观音包种茶研发推广中心和南港茶叶制造示范场。

坪林茶叶博物馆位于文山包种茶产区台北县坪林乡，占地近3公顷，建成于1997年。馆内设展示馆、体验馆、茶艺教室等空间，并由官方定期办理各式茶相关主题展览，同时举办教育推广活动。

台北市铁观音包种茶研发推广中心位于猫空地区，建成于1985年，是一处结合农业、生活、文化与休闲的场所，为市民提供休闲活动，引导民众深入了解当地茶产业。推广中心设有茶叶展示室、茶艺活动中心、视听教室等，通过导览解说、茶体验活动等方式，向游客介绍木栅铁观音的制作过程、冲泡及保存方法等茶叶知识。

南港茶叶制造示范场位于南港区旧庄地区，由台北市政府产业发展局自1991年起规划擘建，目的是为提升南港包种茶的制茶水准，发展精制、休闲农业。如今，示范场重新整理，以“台北找茶园”的全新面貌呈现，为市民和游客提供了一个了解和体验茶叶知识的绝佳场所。

在福州茉莉花茶的未来发展中，还有一个问题需要格外关注，就是茶农利益。当前，茶农收入低、采制人工不足、名优茶原料产地不清晰、质量参差不齐、不当炒作扰乱市场等现象是当前中国茶产业面临的严重问题。而福州茉莉花茶产业还要加上花农减少，茉莉花种植面积和产量较低，成本不断提高，高端市场需求增长缓慢，消费者仍然习惯性把花茶归类为低档茶等问题。

不同于经营茶艺馆、茶餐厅等其他从业者，茶农谋生的工具就是他们的茶园和技术。虽然茶叶一直以来都是价格较高的作物，但是茶农的收入却并未与茶价相应，甚至还面临缺乏竞争力、经营状况不佳等困境。茶叶栽植、制作是个辛苦活儿，如果收入达不到心理预期，难免会影响茶农的积极性。

仍以台湾为例，为了提高茶农的积极性，缓解茶叶产量下滑与经营状况不佳等困境，台北市政府采取对茶农的自产自销行为进行辅导，利用公共资源大力宣传，在博物馆或推广中心代售茶农的茶叶或无偿为达到标准的茶农留出卖茶的摊位，定期举行茶比赛并为获奖的茶贴上评点标识等措施进行应对。

现在游客去台北旅游，大多会搭乘“猫缆”去猫空看一看，在猫空不仅可以喝到好茶，看到茶园，吃到创意好、味道佳、品种丰富的茶餐，而且还能买一些包装设计精美的茶叶、茶点、茶糖以及茶面膜、茶叶香皂等手信，不论自用或作为伴手礼都是绝佳的选择，可谓“完美茶体验”。其实在20世纪80年代，猫空也曾经面临茶产量萎缩、茶农收入降低等非常严重的问题。后来当地开始发展台北市观光农业，将传统茶产业与休闲农业紧密结合，茶农不仅可以继续居住在这一区域，还可以将茶叶生产与休闲农业、观光旅游相结合，既保留并延续了当地茶农原本的生产生活方式，也使猫空的茶文化产业发展成为世界级的地方特色产业。

这些举措不仅使当地茶农和茶产业发展受益，而且对游客和消费者来说，也更容易购买到质量较高也更放心的商品。茶农是茶产业可持续发展的根基，因此我们在关注茶产业发展、促进茶文化传播、推动区域经济发展的同时，还应该对茶农倾注更多的关注和支持。

目前，福州已经意识到文化传播、产品创新、保护茶农花农利益的重要性，6座茉莉花主题园正在全力打造中，本地龙头企业的茉莉花茶文化展示馆正相继落成，围绕茉莉花茶开发的手摇茶饮、“秒泡茶”以及相关衍生品等也陆续推出。与此同时，电商渠道的发展既为茉莉花茶的销售开创了新的路径，也为花茶产业发展提供了新的契机。2015年，吴裕泰、张一元等知名老字号纷纷开拓了电子商务销售渠道，取得了明显效果。例如老字号张一元电商渠道2015年销售额较2014年提升了49.7%，其中茉莉花茶递增54.5%。

但是不可否认，福州茉莉花茶文化产业正处于复兴阶段，相关支持政策和各种宣传、创新也都刚刚起步，初期取得的良好效果能否长期持续下去仍需观望。而与福州地理位置相近，文化一脉相承，语言、信仰、民俗、饮食习惯都有很多相似相仿之处的台湾，其茶产业与茶文化既源于福建，同时在文创产业方面的发展又极具特色，经验丰富。也许，福州茉莉花茶文化产业可以借鉴台湾茶产业和茶文化，特别是创意茶产业的发展经验，或者通过闽台茶产业交流合作等方式，找到适合自己的发展路径。

聚春园
始创于清同治四年(1865年)
聚春园
中华老字号
春园

19 老字号的重任

主题馆占地400多平方米，从外观上看似乎只有一层，而内部实有楼梯向下，可同时接待80人。从正门进入，左手边展示着茉莉花茶的起源与历史、福州茉莉花茶的发展回顾，还有何同泰匾额、何同泰老照片、何培阊先生照片等。展柜中陈列了一些与福州茉莉花茶相关的历史遗存，如庆林春茶庄的茶罐、德馨珏茶庄的茶罐、裕和昌生记茶庄的茶罐、民国时期何同泰茶行的茶叶采购专用杆秤和算盘以及清宣统年间的手工茶叶购销账本等……

走在三坊七巷，你绝不会错过一个写着“第一家茉莉花茶”的黑色匾额，一旁竖挂的“中华老字号”招牌也是格外醒目。“第一家茉莉花茶”是茶界泰斗张天福先生亲笔题赠的，“中华老字号”的授予单位则是中华人民共和国商务部。即便不了解福州茶厂，单是看这两块牌子，也会隐约有种肃然生敬之感：这一定是福州茉莉花茶企业的老大哥。

的确，如果从福州著名的“何同泰”字号算起，福州茶厂至今已有近百年的历史。

据学者林更生考证，早在20世纪初，何同泰茶庄就已颇具名气，而且还在台湾设有分号。何同泰的创办人何培闾（1903—1971年）是福州（仓山区）本地人，18岁以后开始做茶叶经纪人。因善于统计分析茶的购销情况，同时善于掌握买卖双方的心理，他很快就成了全市有名气的茶叶经纪人之一。22岁时，他开始兼营自己的茶叶生意，从小批量生产并通过其他茶栈销售，很快发展到自己设厂制造花茶，“何同泰”也正式得名。

何培闾始终将“质量为本”作为商场立足的规矩和资本，从选料、加工到产品包装都有严格的质量要求。他精于选茶、善于用花，对不同季节、不同品种的花茶都有详细的配置比例，这在当时的花茶加工企业并不多见，而且也让何同泰的花茶几乎可以四季常销。由于产品质量较高，何同泰的花茶与市场上的其他花茶很容易区分，生意发展也极为迅速，仅仅用了3年时间就将刚成立时不过20～30担的花茶年产量提高到200～300担，从上百家小作坊中脱颖而出。

何培闾不仅重视产品质量，还积极探索窨制技术，提高花茶香气。当时福州茶商的花茶原料大多是来自黄山屯溪的“三角片”，也就是好茶的碎末，属于低档货。但是何培闾认为，“三角片”虽然是碎末，却是好茶的碎末，具有很强的吸香能力，有制成好茶的条件。何培闾按照自己的设想，将一批“三角片”以重花窨制，运往天津销售大获成功，每担售价高达140元，创下当时花茶售价的历史纪录。此后，何同泰每年都会窨制一定数量的“三角片”运销天津，并以其质量高、香味浓的品质特点获得北方市场的认可。

为进一步扩大生产，何培阊与徐汉搓等人于1935年又合伙开设了南方茶厂，对外仍沿用“何同泰”招牌，并逐步建立产销链。在茶源方面，除了在福州直接进货，还在福建省内的罗源、宁德等茶区设立收购点，省外则在杭州、屯溪、台北等地设置收购机构；在花源方面，每年冬季向花贩和花农发放无息贷款，作为第二年购花的预付款，并在上海、天津、黄州等地设立销售机构。茶厂还开设邮政部，手续简单，发货迅速，全国许多小茶叶铺都直接通过邮局向茶厂邮购茶叶。1935—1939年，何同泰花茶年产量成倍增长，资本也由原来的21万元增加至166万元。

抗日战争期间，何同泰的茶叶生意遭受严重影响，茶厂于1940年停办，直至抗日战争结束才又集资重办。1946年，何培阊从台湾购进全套制茶设备，建立规模较大的制茶厂，开启了机器制茶的新时代。何同泰也成了当时茶叶行业的老大哥，影响着茶叶的价格、等级和工艺标准。1954年，何同泰茶厂固定员工已有188人，年产精制花茶1650担，茶叶生意颇为繁荣。1956年，何同泰与其他百余家私人茶行一起参加公私合营，并入“福州茶厂”。

福州茶厂原名福州贸易公司第一制茶厂，1949年9月创建，1950年改为福州分级厂，1953年正名为“福建省福州茶厂”。1955年，福州私营制茶行业的部分工厂、店、场经营不善濒临倒闭。为不使工人失业，在上级领导下成立了“福州制茶所”。1956年后，何同泰及其他108家私营厂商并入“国营福建省福州茶厂”。

福州城市风光（许坚勇摄）

福州茉莉花茶产业也随着国营福州茶厂的成立，进入了新的发展时期。1969年，福州茶厂年产量已达3994.5吨，产值2751.05万元，利润81.08万元，成为当时福州的轻工三大支柱之一。20世纪70年代，作为福建省国营重点企业的福州茶厂进一步发展壮大，职工队伍建设、资金投入、设备更新、产品质量等方面均取得巨大成绩，并于1976年成功研制出我国第一台全自动花茶窨制联合机，实现了花茶窨制全过程机械化、连续化生产。1981年，福州茶厂茶叶产量已达到5162吨，产值3642.08万元、利润333.47万元，利润创历史最高水平。

20世纪80年代以来，福州茶厂行业老大哥的地位越发稳固，连续多年受商业部委托承担全国茉莉花茶级型标准样及省样的制定和换样工作。与此同时，福州茶厂的多种花茶产品也在国内外名茶评比中不断获得各项荣誉。在三坊七巷门店，工作人员给了我一本企业宣传小册子，记录了自20世纪50年代以来福州茶厂经历的主要历史事件、产品荣誉和一些历史图片。在主要产品荣誉一项中，多年来所获奖项罗列一起，辉煌、厚重。其中专供国务院外事方面使用的特种茉莉花茶“外事礼茶”和“国宾礼茶”最为醒目。

1986年12月，外事礼茶被评为中华人民共和国轻工业部优质产品。

2009年11月，外事礼茶在福州茉莉花茶茶王赛上荣获“金奖茶王”的称号，并在2010年2月福州茉莉花茶新春茶话会上，以450克五大茶王组成的拍卖品拍出5.2万元的高价。

2011年9月，国宾礼茶荣获由海峡两岸茶叶交流协会、福建茶人之家主办的第八届“闽茶（蝴蝶）杯”茶叶评比会两项金奖。

2011年10月，国宾礼茶荣获福州海峡茶业交流协会、福州市农学会主办的福州茉莉花茶茶王赛“针形”茶王，并在2012年1月19日由福州海峡茶业交流协会、福州市农业局、福州市文明办主办的2012年福州茶业界迎新春茶话会上，以300克国宾礼茶等6个福州茉莉花茶王组成的拍卖品10.4万元的价格拍出历史高价。

2011年10月，外事礼茶荣获“澳大利亚中国文化年——2011中国茶文化产业博览会”名茶评优活动金奖。

2012年5月，国宾礼茶在2012“中国名茶”评选中被由国家茶叶质检中心等茶界专家组成的审评委员会评为特别金奖。

2012年6月，国宾礼茶在参加由中国茶叶流通协会等单位主办的北京国际茶业展茶叶评比大赛中被评为金奖。

2012年9月，外事礼茶在“2012年美国世界茶博会”名茶评优活动中荣获金奖。

2014年6月，国宾礼茶在参加由中国茶叶流通

福州茉莉花茶主题馆（许坚勇摄）

福州茉莉花茶主题馆

协会等单位主办的2014北京国际茶业展茶叶评比大赛中再被评为金奖。

2014年10月，国宾礼茶荣获2014福州茉莉花茶茶王赛“针芽形”茶王奖。

2015年6月，国宾礼茶在参加由中国茶叶流通协会等单位主办的2015北京国际茶业展茶叶评比大赛中被评为花茶类特别金奖。

2015年11月，国宾礼茶荣获2015年福州茉莉花茶茶王赛茶王奖。

2015年11月，国宾礼茶荣获第12届中国国际茶业博览会特别金奖。

福州茶厂目前仍是我国专业生产茉莉花茶行业中唯一获得“中华老字号”的企业。近百年的发展积淀和行业老大哥的身份也让福州茶厂自觉肩负起了传承与推广传统文化的重任。近来，福州茶厂为福州茉莉花茶取得“福州世界茉莉花茶发源地”“福州茉莉花茶世界名茶”以及“福州茉莉花与茶文化系统”荣获世界重要农业文化遗产等项目提供了大量的历史文化依据。

2017年1月，福州茉莉花茶主题馆正式开馆，为福州的茉莉花茶文化又增一处宣传窗口和推广平台。从金鸡山公园南门沿着环山道步行或搭乘游览车至飞虹桥下，再拐进一条登山道，途中可俯瞰福州市景，坚持一下走到尽头，便见一朵大大的茉莉花雕塑立在花坛中，福州茉莉花茶主题馆就在茉莉花雕塑旁边。

主题馆占地400多平方米，从外观上看似乎只有一层，而内部实有楼梯向下，可同时接待80人。从正门进入，左手边展示着茉莉花茶的起源与历史、福州茉莉花茶的发展回顾，还有何同泰匾额、何同泰老照片、何培阊先生照片等。展柜中陈列了一些与福州茉莉花茶相关的历史遗存，如庆林春茶庄的茶罐、德馨珏茶庄的茶罐、裕和昌生记茶庄的茶罐、民国时期何同泰茶行的茶叶采购专用杆秤和算盘以及清宣统年间的手工茶叶购销账本等。主题馆一层的陈列空间虽然不大，展品也算不上丰富，但也足以为参观者直观展示福州茉莉花茶和福州茶厂的发展史。

顺楼梯向下一层，分了两个部分，一边仍是宣传区，另一边则是休闲区，提供茉莉花茶品饮，同时经营推广茉莉花茶新型饮品和各种级别的花茶产品。我们去的时候宣传展示区没有开放，见我们在隔离绳之外徘徊，工作人员没多询问就立刻打开展区的灯，示意随意参观。宣传区展示着各种茉莉花茶茶样、茉莉花茶窨制工艺流程图和关键工艺模型。我们一处一处拍照，工作人员也就跟着一处一处讲解，还细致介绍每个茶样的特点、工艺、口感，以及她自己的喜好、她朋友的喜好，并解释说主题馆刚刚开放没多久，很多地方还在调整，会越来越完善。

参观结束后，我们也同大多数游客一样，点一杯清凉的茉莉花茶，在茶座稍作休息，感叹难得有这样一个地方，能感受午后山中的片刻宁静，回味一段悠长的花茶故事。

平原茉莉花种植（陈大军摄）

后　　记

……

中国是具有万年以上农耕历史的农业文明古国，拥有三富多样的农业遗产资源。其中，茶文化更以其多样、复杂、包容等特点，穿越历史、跨越国界，在世界广泛传播，被认为是和平、友谊、合作的纽带。特别是在当前提升国家文化软实力，“一带一路”国家倡议形成全方位开放新格局的目标引领下，以茶为媒介，宣传中国优秀传统文化，是作为茶文化和农业遗产研究者需要担负起的责任。因此，当苑利教授把《茉莉窨香》的撰写任务交给我时，我倍感荣幸。

毕竟学茶多年又特别爱到处溜达，能把学术研究与游记结合在一起，实属机会难得。而且前期的资料积累比较丰富，实地调研也很顺利，所以自然信心满满。我还为此特意申请了公众号，信誓旦旦地想着可以随写随发，扩大宣传。但是真正动起笔来，却有种不知从何说起的茫然感。好在苑利教授悉心指导，我才能渐渐脱离研究论文的撰写习惯，以“游客”的视角重新理解福州茉莉花茶，并尽可能把自己的学术积累和切身感受传递给读者。

在本书完成之际，我要感谢我的三位导师，朱自振先生、王思明教授、黎星辉教授，是他们将我带进茶学和农业遗产研究的学术领域，并经年累月不厌其烦帮助我成长，也是在三位导师的指导和支持下，此书得以顺利完成。我还要感谢北京出版集团对图片拍摄、搜集给予的帮助以及对本书提出的宝贵意见。此外，特别感谢绿茗茶业有限公司、福州春伦茶业有限公司积极支持、配合本书的调研工作。还有为书稿的完成做出贡献的南京农业大学农史团队和茶学团队，在此一并向大家表示衷心的感谢。

由于我的学力有限，书中难免存在一些问题，还恳请广大读者给予批评指正。

刘馨秋

2018年3月于南京卫岗1号